KB120664

꼭 온다고 했던 그날

시작시인선 0401 꼭 온다고 했던 그날

1판 1쇄 펴낸날 2021년 11월 22일
지은이 박찬호
펴낸이 이재무
책임편집 박은정
편집디자인 민성돈, 장덕진
펴낸곳 (주)천년의시작
등록번호 제301-2012-033호
등록일자 2006년 1월 10일
주소 (03132) 서울시 종로구 삼일대로32길 36 운현신화타워 502호
전화 02-723-8668
팩스 02-723-8630
홈페이지 www.poempoem.com
이메일 poemsijak@hanmail.net

ISBN 978-89-6021-600-6 04810
978-89-6021-069-1 04810(세트)

값 10,000원

꼭 온다고 했던 그날

박찬호

천년의
시작

시인의 말

누군가는 성경을 읽고
또 누군가는 불경을 암송하고
난 습관처럼 김민기 가수의 「봉우리」를 듣는다
그 피안의 봉우리를

그런데, 너무 멀리 와 버렸다

2021년 11월
박찬호

차 례

제2부

제3부

해 설

제1부

개여울

개여울을 듣다
정미조를 듣다
김윤아를 듣다
아이유를 듣다
마침내 소월을 본다

늦가을이 되어서야 눈에 들어온 소월의 물음
문득 궁금하다
정말로 그 오랜 시간 당신은 무슨 일로 그리하시는지
어찌 보면 산다는 것이 그리도 소박하고 단순하거늘
당신은 왜 또 홀로이 그리하시는가
먼 길을 돌아 이제야 당신을 본다
아직도 그리하고 있는 당신을 본다
전에는 못 봤던 당신
내 눈에는 안 찼던 당신
신경도 안 썼던 당신
그래도 계속 그 자리에서 무슨 일로 그리하시는 당신

개여울을 들으며 소월을 봤다
하도 궁금해서 나도 이제 그 자리를 떠나지 못하고
그리하는 당신과 같이 있다

가을, 겨울, 봄을 지나 여름으로

행복한가
가을바람이 서늘한 물음을 보냈다
알고 묻는 것일까
돌아보면 아무것도 없어 잠시 멍하니 있는 내게
행복이 무엇인지 알고는 있는가 묻는다

혹시나 그리운가
창밖 흰 눈은 저리도 예쁜데
진즉 돌아왔어야 할 그이는 보이지 않고
되돌아보니 지난했던 그 한때를 두리번거리며 배회하는 나를
싸한 겨울바람은 시도 때도 없이 문득문득 몰려와
시린 내 귓불을 때리며 묻는다

그래서 외로운가
때 이른 봄 벚꽃이 바람에 떨어지다
내 발아래 멈춰서 진지하게 묻는다
나는 단지 네가 외롭지 않았으면 좋겠다는 생각을
한 것뿐인데
내가 그리도 절박해 보였냐고 내가 네게 되묻는다

>

정말로 두려운가

여름 진한 햇볕 아래 잠시 묻어 두었던 외로움이

들릴 듯 말 듯 속삭인다

외로움은 종종 그리움이 되기도 하고

돌아보면 다시 눈가 촉촉한 행복이 되기도 하지만

모든 것이 불분명하고 잘 모르겠다면

그것은

명확히 두려움이라고

공감 1

공감이란
내가 너의 눈을 바라보며
너의 얘기에 귀를 기울이는 것

너의 슬픔에 이입되어 눈물을 흘리기보다는
가만히 네 등을 토닥여 주는 것

가끔 분노가 차오르는 나를 바라보며
그것을 이해해 달라고 너를 조르는 게 아니라
네 앞에서 조용히 눈물을 흘리는 것

사랑하는 너를 보며
내 곁으로 오지 않는 너를 바라보며
끝끝내 내 손등에 네 손을 포개지 않는 너를 기다리며

그래도 끊임없이 너를 생각하며
보이지 않는 너를 향해 환하게 웃음 짓는 것

내가 네게 공감한다는 것은
너의 눈을 바라보며

네 얘기에 귀를 기울이며
너를 무한히 사랑하는 그것

공감 2

때론
내가 알고 있는 어떤 것이
내가 알고 있는 그대로가 맞는 것인지
궁금할 때가 있다
그대와 같은 느낌을 갖는 일

그대의 뒷모습만 봐도 그 슬픔을 내 가슴이 느끼는 일
설혹, 그대를 보지 않더라도 그대로부터 멀어지지 않고
항상 그대의 숨결과 살결을 느끼며
눈빛으로도 아는 그대와 같은 감정을 갖는 일
무덤덤하게 내미는 내 손끝의 미세한 떨림만으로도
그것이 회한의 진동인지
희망의 설렘인지를 아는 신묘한 일
그대와 교감하고 그대를 이해한다고 생각하는 일
그대를 사랑하는, 아니 사랑한다고 생각하는 일
지금도 내가 그대에게 열정을 다하고 있다고 생각하는 일
그리하여 결국 세상에서 가장 편한
그대의 친구가 되었다고 생각하는 일
이 모든 것이 나만의 생각만은 아니라고 생각하는 일

>

그대와 같은 느낌을 가지는 거라 믿는 일
쉽지만은 않은 일

궁금하지만 영원히 알 수 없는 일

국지성 호우

1

기상청은 장마와는 달리 요즘의 국지성 호우는 중국 양쯔강 근처에서 형성된 저기압이 편서풍을 타고 동진하면서 서해에서 습윤한 공기를 한껏 머금은 뒤 우리나라 곳곳에 비를 뿌리는 현상이라 했다

꼭 분석적일 필요는 없었다 어차피 호우라는 것이 언제나처럼 그 불온한 기후를 끝내 못 이기고 참다 참다 서러움에 울음이 터져 버린 딸년의 서러운 목소리처럼 한참을 한곳에 집중적으로 퍼붓는 것일 테니, 그것이 때를 예측해 볼 수 있는 '장마'로 호명되든, 우리의 과학적 예측이 어긋나 당황해하며 둘러댔던 '국지성 호우'란 명칭으로 불리든 한때의 시간과 한곳의 공간을 훑고 지나가는 것은 마찬가지

오랜 경험은 긴 장마의 끝에 항시 뙤약볕이 시작된다고 했다 하지만 언제나 긴 장마가 고난과 역경을, 뙤약볕이 희망과 승리를 상징하는 것은 아니므로 부정과 긍정 또한 상시적 대립의 관계는 아니었지만 그렇다고 상호 보완의 관계는 더더욱 아닌, 참으로 모호하고 이해하기 힘든 관계였다 하여간 '비가 많이 내린다'는 것은 참으로 편안치 않은 사건

>

2

국지성 호우와 함께 온 편서풍은 예의 미세먼지를 동반했다 중위도 위쪽 지역에서는 비교적 약하다는 편서풍이 강해질 즈음 살아 있는 게 너무 힘들다는 할머니는 소원대로 영원한 안식에 들어갔다 사람들은 전쟁에서 공대지미사일의 집중포화로도 죽지만 언제 올지 모를 정전의 불안한 미래를 기대하다가 그 기다림에 지쳐 죽기도 하는 것

그해 겨울의 끝자락, 아내가 말했다 코로나 바이러스는 그 발생이 주로 부자로 시작하여 종당에는 빈자에게 죽음의 타격을 준다는 신프롤레타리아 이론을 주창했다 통계적으로, 현실적으로 충분히 긍정할 수 있는 이론이지만, 애써 이 현실을 외면하고 부정하는 나는 아내와는 대척점에 서 있는 배부른 돼지다

3

유난히 긴 올해의 장마는 언제나 그랬듯이 따뜻한 남태평양 기류가 만들어 낸 듣도 보도 못 한 새로운 이름들의 태풍도 동반했다 태풍은 작든 크든 올 때마다 항상 파괴와 죽음을 몰고 오기도 했다

>

긴 장마가 고난과 역경을 상징한다면 이어 오는 태풍은 희망과 승리의 모습은 아닐지라도 적어도 고난과 역경보다 더 부정적인 모습은 아니어야 함에도 불구하고 태풍 피해에 대비해 집단속에 유념하라는 요즘 날씨는 그다지 순리적이지도 이성적이지도 않은 듯했다

크거나 작거나 태풍에는 항상 전조 증상을 동반한다 창밖에 나무들이 심하게 흔들리고, 하늘은 또다시 국지성 호우를 동반할 듯 보이고 또다시 머리는 아파 오고 그때 거울을 보면 눈에는 우울감이 가득 차 있고 곧이어 바람은 더욱 거세지고 빗방울도 차츰 굵어지고 많아지기 시작하는 것 긴 장마 끝에 해가 뜬다는 말도 희망적인 메시지로만 볼 수 없지만, 큰바람은 항상 비를 동반해야 하는 이유 또한 순리적인 삶의 방식은 아닌 듯했다

4

한바탕 태풍이 휘몰아친 후에는 예견했던 바와 같이 햇볕이 우리를 비추기 시작했다 지난했던 과거에 대한 보상처럼 그것은 우리의 바람 또는 오해였을 가능성이 높았다 그 햇볕은 '폭염'이란 이름으로 우리를 또 다른 고난과 역경

으로 인도했다 햇볕 부족으로 인한 비타민D 결핍으로 죽으나, 햇볕 과다로 인해 피부암으로 죽으나 어차피 삶은 외통수임을 체감하게 했다

국지성 호우를 동반한 극동 아시아의 여름 날씨는 절대 순리적이거나 이성적이지 않았다 사계절이 있다느니, 천혜의 자연 조건이라느니 하는 것들은 아내의 항변대로 부르주아만을 위한 날씨에 대한 미사여구였을지도 몰랐다

역사는 승리자의 기록이라지만, 날씨 또한 부자들에게 유난히 호의적인 변화 체계인 것 역사든, 날씨든, 삶은 그렇게 이분화되어 흘러가는 것을 이제 이 여름의 끝자락에서 TV의 기상캐스터는 웅변하듯 외치고 있었다

5

혹서기는 길지 않았다 날씨는 쥐를 쫓을 때 퇴로를 열어두고 몰아간다 긴 고난과 역경의 시간을 지나면 짧은 가을이 온다 날씨는 12분의 1만큼의 시간을 빈자에게나 부자에게나 나름 공평하게 주었다 평등과 평화와 안식의 시간은 짧았다 지난 여름내 후텁지근하고 끈적끈적한 국지성 호우

와 피부암의 죽음을 감수한 폭염의 대가로서는 참으로 짧은
시간 폭우와 폭풍과 혹서는 보란 듯이 하지만 일상의 자연
물리 현상으로 치부되어 우리에게 참으라 하고 그사이 가을
은 어느새 저만치 갔다 다시는 되돌아오지 않았다

마법, 마녀, 마약

우리나라 최고의 현상
마약김밥과 마약떡볶이로 화끈하게 끼니를 해결
느지막한 아침 세안 후 마녀크림으로 얼굴 단장
아무리 먹어도 걱정은 없다
나에겐 마법의 다이어트 약이 있으니
오늘도 그렇게 달려 보자
더 강렬한 것은 없는가
더 죄악시할 만한 것은 없는가
우리들 최고의 선은 마녀에게서 나오는 것

아침잠에서 깨니 마법이 풀렸는가
다시 주문을 걸어 보자
오늘 하루도 우리들 루시퍼의 감성을 극대화할 수 있도록
혹시 불현듯 나도 모르게 구수한 숭늉
한 그릇이 생각나거든 얼른 생각을 바꾸라
세상에서 가장 얼큰한 지옥의 불짬뽕을 먹고
입으로 화염을 내뿜는 용과 같은 멋진 네 모습과
그 아래 두려움에 벌벌 떨고 있는
일반 무지렁이들을 상상하라

>

보편타당한 진리라고 얘기하지 말라
단 한순간도, 단 한마디도, 단 한 생각도
평범함을 생각하지 마라
그것은 곧 이 시대, 우리들의 절대 악이니
우리에겐 매 순간 숨을 쉰다는 것조차
일반적이지 않아야 한다
일단은 조건 없이 튀어 보고, 근거 없이 나서 보고,
한계 없이 강해 보자

그것은 곧, 이 시대 존재의 의미이자 가치이니
어찌 보면 말짱하고 순수한 영혼이란 다 가짜일지도 모른다
영혼을 팔아서라도 마녀처럼 얼굴이 늙지 않는다면
그것은 선善
내 몸뚱이가 썩어 가도 좋다 내 입이 마약을 원한다면
그것도 선
노력을 안 해도 남들이 부러워하는 몸매로 남을 수 있다면
그 마법 또한 극상의 선
이제 남은 것은 극상을 뛰어넘는 최극상의 선

마법의 주문을 외우며 마약을 만드는 마녀는

이 시대, 이 암울의 시대 너에게 구원의 길을 안내할
시대의 천사이니
그러니 우리들의 마약은 너희에게는 보약으로
이제로부터 영원할지어다

꼭 사랑이 아니어도 된다

초롱꽃 고개 숙인 보랏빛 종鐘이 되어
아내는 그렇게 30년을 살았다
대개는 고단한 하루가 되어, 때론 그늘 같은 사랑이 되어
뿌리 깊은 소나무로 그렇게 서 있는 사람

어느새 아내는 나에게 어머니가 되어 버렸다

문득 고개 들어 돌아보면
초록이 진저리 나는 6월에도
그대는 만운滿雲을 이고 푸른 안개 치마 두른
먼 산이 되어 나에게로 왔다

늦은 저녁 기름때 흔들리는 내 오래된 선술집 문밖에서도
기억 저편 그대, 긴 그림자 소리 없는 등대가 되어
홀로 나를 비추는지
그대 굵어진 손 마디마디 눈물 꽃은 피고 지고

아내야
굳이 눈물 나는, 그래서 더욱더 가슴 아픈
사랑이 아니어도 좋다

언제나처럼 그렇게 그 자리에서
지금 그 그리운 모습 그대로
변치 못할 인연으로 살자
내가 사랑하는 사람아

다시 진초록 6월이 오면
고개 숙인 초롱꽃은 긴 여운 아내의 종소리로 피고
나는 또다시 그대에게
되갚을 수 없는 업보를 지고 있다

또다시 가을에

이제는 자유로워졌을까
맥문동 푸른 실개천 변에 뿌려진
그래
한때 우리와 함께했던 영혼들은
이 깊은 가을에 그 모든 것으로부터 자유로워졌을까

오래된 상처가 아물어 흐릿한 흉터로 남을 즈음
다시 빛바랜 가을색이 되어 버린 잊힌 연인처럼
실로 오랜만에 너희를 본다
살아 있음으로 구속되었던 그 제약制約과
또 다른 제약制弱과 제재制裁
이제 이 하늘, 이 깊고 높은 하늘 어디선가
세상 모든 것으로부터 자유로웠어야 할 너희를 본다

아쉬움은 후회를 낳고, 그 후회가 다시 그리움이 될 즈음
너를 뿌린 아름드리 플라타너스 그늘에선
잡풀은 잡풀대로, 가을 꽃대는 그 나름으로 푸르고
내가 너희를 보낸 그해 바람처럼 이 저녁 갈바람도
우리들 쓸쓸한 기억으로 파고든다

>

인연이란 내가 정한 것도 네가 정한 것도,
그 누구의 의도도 아니지만
결국 절실한 의지의 또 다른 표현인지도 모른다

잊히지 않을 권리와 잊지 말아야 할 의무

인연이란 어찌 보면 그 권리와 의무가
무한 반복되면서 얻어지는
의도적인 노력의 결과이다

혹시, 넌 아직까지 나를 기억하느냐
여태껏 나를 사랑하느냐
여전히 나를 잊지 못하고 있느냐
참 다행이다
나도 그러하고 또 이제 너를 매일 다시 볼 수 있으니

내가 너희를 보낸 그해 가을
어렴풋이 문득 썰렁한 때 이른 한기를 느꼈던 그날처럼
오늘도 깊은 가을, 바람은 쌀쌀해도
맥문동은 또 여전히 푸르고

20170721

—James 혹은 민혁이라 불렸던 어느 청년의 죽음에 관하여

제임스라고 불리던 민혁이는
정확히 19년 8개월의 잔치를 끝내고 떠났다
아니, 더 정확히 말하면 19년 8개월 동안
잔치 준비만을 하다 갔다

목사는 주문처럼 하나님이 더 큰일을 위해
재목을 데려간다 했고
남은 우리는 아직도 쓸데없는 화목이 되어
신의 부름을 받지 못한
서로의 부끄러운 자화상을 힐끗 봤다

장례도 잔치처럼, 아니 일상의 업무처럼
그렇게 서로의 의지와 협조로
상부상조하면서 자연스럽게 끝나고 또 잊히고

운명은 그렇게 원하지도 않을 때 원하지도 않는 곳으로 와서
정 붙이고 살 만하면 또 다른 곳으로 데려가고

짧은 장례 요식은 죽음을 영원한 안식으로 탈바꿈하고
불온하고 음습했던 우리들의 마음에

인간이 할 수 없는 한계라는
면죄부로 살아남은 죄의 부담에서 해방시켜 주었다

구름이 없으므로 푸른 높이와 깊이를
더욱 알기 어려웠던 그날
마침내 우리는 객이 되어 19년 8개월 동안 준비한
잔칫상을 마주했었다

그리고
삼삼오오 어느 젊은 청년의 죽음을 통해
스스로의 죽음을 생각하며
또 애통해하는 한편 쓸데없는
화목재火木材가 되어 있음에 감사 위로를 받고

20년 잔치를 마치면서 사람들은 아침 안개 걷히듯
사방으로 조용히 흩어지고
다시 스스로의 그 익숙하고 깊숙한 일상으로
빠르게 빠르게 들어간다

그날, 하늘이 참으로 맑았던 그날

왜 구름은 다 어디로 가고
하늘은 그리도 푸르고 맑게 보였을까
태어나 처음으로 하늘을 똑바로 쳐다본 그날

비행

홀로 상쾌한 공기로 맑은 비행을 하다
문득, 아우슈비츠의 독가스를 맞는다

때론 비상하는 등 뒤로 순간 전압 200볼트의 고압 전류로
악 소리 한번 못 내고 죽기도 하고

삶은 정말 고단한 여정이다

낮은 언제나 무서운 정글
최대한 어두운 곳으로 너희를 피해서
진격의 거인은 밤이 되면 더욱 무섭다

내가 너희에게 끼친 해는
너희가 우리를 학살한 잔인함에 비하면 실로 미미한 것
생존을 위한 최소한의 행위를
죄악시하고 경멸하는 너희는
그리도 고결하더냐

자기 새끼를 키우고자 하는 모성 본능은
모든 생명체가 가지는 생명에 대한 경외인데
너희에겐 무한히 존중되어야 할 생명 존중의 현상이

우리에겐 그 씨를 말려야 할
그 죽음조차 평화로우면 안 되는 제거의 대상이더냐

나 또한 너희 못지않게
하루의 생존이 고난의 연속이거늘
생명을 담보로 한 그 처절한 비행이
너희에겐 그저 한낮 앵앵거리는
짜증 나는 날갯짓이었더냐

태어나 단 한 번도 두려움과 공포 없이는
살아 보지 못한 우리에 비하면 너희는 그래도 살 만하다

혹시 어제 하루를 조용히 넘기고
이제 오늘 하루의 무사를 위해
나름 조심스럽게 비상하다가
두 눈을 부릅뜬 너희 손에
피를 토하면 죽는 우리들에 비하면

비록, 가슴 답답함에 분노가 일지라도
그걸 다시 잠재울 수 있는
그 다음 24시간이 있는 너희가 부럽다

너희가 부럽기에 너희에게 기대어 본다
너희 부러움의 백만 분의 일만큼만 나에게 나누어 다오

가진 자여
바늘구멍을 통과할 수 있도록 내가 도와주는 것이니
정말 작은 부분 나누는 것에 대해 짜증을 내지 말아 다오
나도 살기 위해 어쩔 수 없이 네게 기대는 것이니
그 비굴함과 굴종의 회한을 느끼지 않게 해 다오

부탁컨대
이런 삶의 방편을 택하고 자유롭게 비행하다 자연스럽게
죽음을 맞이할 수 있는 작은 삶의 행복과
죽음의 편안함을 나에게도 다오

나는 오늘도 비상하며 꿈꾼다
죽음이 두렵지만 나서 본다

오늘 하루만 무사히 넘기게 해 달라고

확증편향

그것은 누구에게나 다 있는 삶의 신념
혹은
지울 수 없는 인생의 흔적
모든 일에 후회 없고 부끄럼 없이 강건했던 그때

너를 옳게 가려 했던 방법이었다
그것은 옳은 방법이었다
지금도
아니, 지금의 이것은
지울 수 없는 과거를,
꼭 기억하고 싶은 나를,
영원히 잊지 말아야 하는 너를
기억하는 유일한 방법

지나면 다 안다
누구나 가슴 깊이 하나씩 가지고 있는 그것
속으론 다 알고 있다

생각해 보면
무척이나 단순 명료한 것

아주 간단한 것
그렇다고 보는 것
그 보편타당한 삶의 태도
그간 나를 이끌어 온 구원의 방식

나는 정말 옳은 길이라 믿었다
바른 길이라 믿었다
믿고 있다
믿는다

비현실적 현실을 본 적이 있는가

종종 현실적이지 않은 것, 보다 현학적인 것이
멋있다고 생각한 적이 있다
엄마는 어린 나를 붙들고서 사람은 항상
분수를 알고 살아야 한다고 했다
분수를 안다는 것
누울 자리와 뻗을 때를 안다는 것
누누이 학습되어 온 이 눈치의 한계가 현실이라면
꿈을 꾼다는 것은 애당초 실현 불가능한 소모적 열정

언젠가는 너를 품고 말겠다는 꿈
로또는 인생 역전의 기회가 될 수 있다는 기대
아직은 강남 입성이 늦지 않았다는 확신
인생은 60부터 시작이라는 자신
어찌 보면 이것은 비현실로 가득 찬 나의 현실

망상과 상상과 꿈은 호칭만 다른
똑같은 소모적 열정의 비현실
하지만
너를 이미 품고 있는 그
매주 나오는 인생 역전의 당첨자

지금도 쉼 없이 강남으로 들어가고 있는 이삿짐
그리고 꿈은 현실이 될 수 있다고 말하는 옆집 창식이 아버님

나에게는 비현실이 네게는 현실이 되고 있으니
지금 이 세상은
현실과 비현실의 다중우주를 증명하고 있는 것

시간은 사람들에게 다르게 흐른다

'시간은 공간에 따라 달리 흐른다'는 말이
꼭 맞다고 볼 수는 없다

일하는 시간은 더디 가고 월급 주는 날은 빨리 오고
빨간 날은 사람에 따라 많기도 하고 적기도 하지
시간은 왜 이리 빨리 가고 더디 오는지

피아彼我의 구분이 곧 시공간의 휘어짐이다

나는 로맨스를 하는데 사람들은 불륜을 저지르고
나는 많이 주는데 너는 항상 적다고 얘기하고
차린 건 없지만 많이 먹으라 하고
먹은 것도 없는데 배만 부르다 하고

나는 너를 생각하는데 너는 그를 생각하고
너와의 시간은 빨리 가지만
너는 그 등속으로 멀어지고
나는 그 시간들이 추억이고
너에게는 잊고 싶은 회한이고

>

시간은 기억만큼이나 진실한 것 같지만
그 길이만큼이나 크기와 내용도
실제로는 이율배반적이다

시간은 공간 때문에 다르게 흐르는 게 아니다
아인슈타인이 미처 몰랐던 한 가지

시간은 네가 내가 아니기 때문에 다르게 흐르는 것이다

전쟁의 생존자로 남는 법

전쟁 발발 52일째
애초부터 총소리는 없었지만 사람들은 꾸준히 죽어 나갔고
죽음보다 더 무서운 공포는 빠르게 전염되고 있었다

총소리가 없으므로, 겉으로 보이는 세상은
예상보다 차분해 보였다
전쟁 중에도 봄은 굳이 오겠다고 바람으로 먼저 알려 오고
아직은 철 이른 이 흉흉한 바람은
흰 마스크 사람들의 무표정한 얼굴을 스치며 지나갔다

누구는 이 전쟁은 인류 스스로가 만들어 놓은
재앙이라고도 하고
또 다른 전문가 그룹은 시간이 지나면
곧 끝날 것이라고도 했지만
사실, 우리들 마음속에서는 누가 죽어 나가는 것은
중요치 않았다
이 전쟁의 특이점은 그다지 죽음을 두려워하지
않는다는 것이다

21세기형 전쟁에서 죽음보다 더 무서운 공포는 변화였다

가진 것에 대한 변화, 가질 것에 대한 변화,
가져야 할 것에 대한 변화
목숨보다 소중히 지켜야 할 것은
이미 갖고 있는 그것, 절대 내어놓을 수 없는 나만의 그것
생존이란, 자본주의적 생존이라 그런 것
단지 살아남는 것이 아니라, 지금의 것보다
더 나은 것을 유지, 보존하는 것

두려워하지 말아야 할 것에 대한 두려움
자유로워야 할 것으로부터의 구속
결국 그 변화에 대한 두려움에
어느새 나는 너를 제물 삼는 전쟁의 가해자가 되고 있다

정성스러운 딱풀 바르기

아주 조심스럽게
그리고 정성스럽게

보내는 이, 받는 이의 주소를 인쇄한
새하얀 용지를 정밀하게, 예리하게 자르고
그래, 기도하듯 주문을 외우듯
정성을 다해 딱풀을 바르자

떨어지지 않게, 혹시나 하늘하늘 봄바람에라도
받는 이의 주소가 떨어져
보내는 이의 곡성이 되돌아오지 않게

긴가민가하며 우물쭈물하며 써 내려간
몇 편의 시에는 못다 한
아니 정확히는 너에 대한 사랑에는 다 못 한 그 열정을
괜스레 딱풀에 쏟아
천천히 아주 천천히 용서를 구하듯
내용의 구질구질함에 보상이라도 하듯
두 손 곧게 펴고 꼼꼼히 바르자

>

깔끔하게 재단된 주소
완벽하게 깨끗한 겉봉투
정성스러운 딱풀 바르기는 불온한 내용물에 대한
최소한의 도덕이자 예의

그대에 대한 사랑을, 그 깊은 애정을
글로 표현하기 부족하기에
나는 네가 알아채지 못할 방법으로 위안한다
딱풀 바르기에 집중한다

춘삼월이 동지보다 더 추운 이유

눈에 띄게 해가 길어지기 시작한 3월 중순
봄이 온다느니, 이제 다시 시작이라느니
예전 같으면 마치 봄이 모든 것의
새로운 시작인 양 얘기했을 텐데,
듣도 보도 못 한 바이러스가 창궐한 지금
아내의 호흡기에는 바이러스만큼이나 한숨이 심각하다

옆집 횟집이 문을 닫았다는 둥,
가게 앞 돼지갈빗집은 종업원을 내보냈다는 둥,
콧구멍만 한 식당을 지키기 위한 아내의 노력은
항상 옆집과 앞집을 통해서만 증명된다
한겨울 추위에 장사가 지지리도 안 된다고 푸념했던
지난겨울은 차라리 행복했다

다들 고만고만한 돈과 고만고만한 능력으로
고만고만한 새끼들과 고만고만하게 벌어먹고 있는
이 땅의 고만고만한 가겟집 주인들
올 춘삼월은 예년의 고만고만한 주제로는 살아갈 수 없는
난생 처음 겪어 보는 불안의 시간들을 보내고 있다

>

중국에서 온 홍매는 그나마 식당 홀 서빙 일도 잘릴까 봐
전전긍긍하고 있고
춘심 언니는 연길에 두고 온 딸년이 걱정이라며
깊은 한숨을 몰아쉬기도 했다
연정 직업소개소 김 사장은 이 난국이
쉽게 끝날 거 같지 않다며
잠시 점방 문을 닫아야겠다고 했다

바이러스는 국적과 인종, 빈부, 만인에 평등한 것 같지만
실은 고만고만한 사람들에게 더 공격적이다

사실, 이 국가적 재난이니, 경제적 대 충격이니 하는 것보다
더 두려운 것은
죽음 맞이하기 전 우리들 부끄러운 민낯부터
먼저 마주해야 하는 것

마스크를 사려고 줄 선 굳은 너의 얼굴에서
해고의 살생부를 흔들고 있는 나의 얼굴에서
임대료를 깎아 달랄까 봐 두려운 그들의 얼굴에서
미처 숨기지 못한 서로의 모습을 대하면서

마치 서로를 이해하고 용서하는 듯하지만
그것은 결국 남들로부터 나를 용서받는 것
부끄러운 나를, 하지만 어쩔 수 없는 나를
이해해 달라는 것

곧 날이 따뜻해지면 좀 나아진다고 했다
우리는 또 예전처럼 서로를 위하는 사람처럼 될 것이고
도덕과 정의는 뒤늦은 종소리로
시대와 사람들을 꾸짖게 될 것이다
결국 바이러스도 사람도 시간 앞에선 평등한 것

해는 중천에 걸리고 오랜만에 춘삼월 훈풍이 부는 날
가게 문 앞에서 옆집과 앞집의 상황을 통해
향후 국가 경제를 예측하고자 하는
아내는 아직도 한겨울의 찬바람으로
매서운 실눈을 뜨고 있다

Vocabulary 22,000

공평, 평등, 배려, 행복

내가 아는 단어 중
내가 겪어 보지 못한 것
내가 생각과 상상으로만 아는 것
가끔은 가슴이 아프기도 하고
설레기도 하고,
심장이 뛰면서 눈물이 흐르기도 하는 그것

꼭 죽기 전에 봤으면 하는 것

1988년, 쌀가게 아버지

인민군으로, 다시 국방군으로
군대를 두 번이나 다녀온 아버지였다
고생이 많았다는 얘긴 하지 않으셨다
난 어려서 수제비를 먹어 본 적이 없다
아버지는 그냥 수제비를 싫어하신다고만 하셨다

인생이 막 기울고 있을 즈음 고생 끝에 개업한 쌀가게였다
혹시 뭐 해도 굶지는 않을 거 같으니 안심해도 되겠다며
쌀 짐들을 들고 날랐다
석발기石拔機는 하루 종일 털털거리며 돌아갔고
노안이 점점 심해진 아버지는 연신 안경을 이마 위로 걸치고
돌을 고르곤 했다

겨울이면 동촌마을 철거촌의 한기는 유난히 을씨년스러웠고
됫박 쌀을 주로 사가던 그 동네에서였다
쌀을 팔고 미니 슈퍼에서 잡화를 팔던 아버지는
그나마 나름 늦은 중년을 상대적으로
마음 편히 보내던 한때였다

딱 지금의 내 나이였던 아버지였다

경기도 광주군 동부읍 신장리 567번 버스 종점 앞
그해 풍년상회의 풍경이었다

제2부

겨울 편지

밤사이 찬 공기가 몰려오면서
주말엔 기온이 영하권으로 뚝 떨어진다네
많이 추워질 건가 봐
거기는 어때?
남쪽은 그래도 낫다고들 하는데
그래도 마찬가지일 거라 생각해
비단 날씨 문제만은 아니지?
오랫동안 못 봤어

왠지 모르게 피하고 싶었던 그때
이해하겠어?
자꾸자꾸 끌려가는 기분
무슨 말인지 아마 잘 모를 거야
일부러 피한 것은 아니었어
언제부터인가 햇볕을 받으면 살이 타는 듯했고
눈을 들어 하늘을 보기가 더 어려웠을 때
난 그저 살아야겠다고만 생각했어

문득, 그때를 생각했어
그 깊었던 한때

나를 부르는 목소리를 따라 춤을 추듯 따라갔던 그때
고즈넉했지만 외롭지 않았고
혼자 있는데도 쓸쓸한 줄 몰랐던
가을바람도 지금처럼 무섭지 않았던 그 한때 말이야

기억나?
웃으며 돌아서도 마냥 웃음이고
나에게 옳은 것이 너에게도 옳았던 그 한때
참으로 기뻤다고 했던 한때
아직 잊지 않고 있어
창문 틈 사이 바람은 더 거세져
이제 본격적인 겨울이 온 거야
그래도 거긴 남쪽이니
올겨울을 잘 넘길 수 있으리라 믿어

하지만, 내가 곧 온다 했던 추위도
네가 보기엔 어떨지 모르겠어
요즘엔 내게 어울리는 것도 네겐 이상할 수 있으니까
벌써 성탄절이 코앞이야
햇볕에 비친 눈은 더 눈부신데

그러면 난 또 눈을 뜰 수 없을 거야

또 한동안 못 보겠네
올겨울 마지막 소식을 꼭 전하고 싶었어
그냥 한때를 기억하고 싶어서 말이야
올해 성탄절은 포근할 거래
잊지 못할 그 한때를 떠올릴 수 있을 거래
사람들이 그랬어
성탄절에는 원래 그런 거라고
너무 우울해하지 마
금방 또 연락할 수 있겠지?
그러리라 믿어
우리들 그 한때를 꼭 기억하리라 믿어

가난

중2 때, 그때
약간 상한 고등어를 버리기 아까워 그냥 모른 척
김치찌개에 넣었다고 했다
내가 그걸 먹고 온몸에 두드러기가 나서
너무 미안했고 슬펐다고 얘기하며 엄마는 울었다
사십 년쯤이 지나 들은 엄마의 고해성사였다

번듯한 한 상 앞에 모여 식사를 하며 우리들 모두는
이제 그 우울의 시절에 관한 얘기가 금기 사항임을 안다
괜스레 창피하고 우울하고 종당에
슬픔이 눈물짓게 하는 얘기인 줄 알기 때문이다

가난이란 이성이 아닌 피부로 느끼는 것
다들 그렇다고는 했지만,
고등어 한 마리에 목숨을 걸어야 했던 그 시기
선명한 기억 속에 우리를 잡아 두고
잊히길 거부하는 그 가난의 시기
고난의 행군에는 끝이 있는 게 아니라
오르막과 내리막의 굴곡이 있을 뿐이었다

>

누구도 대물림하고 싶지 않은 것이지만
자연스레 나도 모르게 대물림되는 것들
끝끝내 분노와 울분으로만 표현되는 그것들

호시탐탐 너의 빈틈을 노리고 있는 그것들은
지금 잠시 숨을 고르고 있을 뿐이다

개에게도 있고 사람에게도 있지만 사람들이 더 민감한

내가 너를 사랑하는지
네가 나를 감싸 주는지
어차피 대화로 얘기하지 않아도 아는 것
육감으로 아는 것

개는 나에게 묻지 않지만
내 눈을 보고 아는 것
너는 나에게 끊임없이 묻고 확인하는 그것
그만큼 예민하고 중대한 것

끝없이 눈에 보이고 마음에 차야 하는 것
개에게는 믿음으로 보이고
사람에게는 현물로 대신해 보이는 것

개에게는 모든 빗장을 풀지만
네게는 꼭 마지막 하나씩은 빗장을 걸어 잠그고 있는 것
개나 사람이나 다들 느끼는 것
육감으로 알지만
너는 칠감七感으로 보이길 요구하는 것

>

그 사랑

무한할 거 같은 유한의 작은 사랑

그해 겨울 I

동지에는 팥죽을 꼭 먹어야 한다고 했던
할머니가 돌아가시고
그해 겨울은 유난히 추웠다
언제부터인가 겨울에는 눈보다 바람이 먼저
추위를 몰고 왔고
팥죽을 끝내 못 먹었던 그해 겨울의 한가운데에서
난 눈이 오히려 포근하다는 걸 처음으로 느꼈다
많은 눈이, 그 포근한 느낌이, 그 순결한 상징이
남은 겨울을 다 덮었으면 하는 바람이 컸던 그해 겨울
아버지는 돌아가신 할머니 뒤를 이어 다시 죽음을 준비했고
바람은 더욱더 느티나무 빈 가지 사이를
쉴 새 없이 훑고 지나갔다

겨울바람이었다
그 추위는 눈이 없는 마른바람으로 왔다
성탄절에 캐럴을 못 들은 지 이미 오래이므로,
누구도 겨울에, 눈이 없는 이 한겨울에 캐럴을 듣지 않았다
언제나 동지에는 밤이 너무 금방 왔다
팥죽과 캐럴을 잊은 지 이미 오래인
그해의 마지막 무렵 즈음엔

폐렴이 심해진 아버지는 겨울의 마른바람을 두려워했고
올겨울을 넘기기 힘들 거라 했다

눈이 있는 겨울은 오지 않았다
어디선가 분위기 파악 못 한 선술집 주인은
이미 낡아 버린 캐럴을 틀었고
그 겨울의 차가운 바람은 잠시 멈춰
다음 방향을 고민하고 있었던
그해 동지 무렵
괜스레 눈물이 났던 그해 겨울의 한 중심

그해 겨울 Ⅱ

암은 재발이 중요하다며 일단 수술은 잘 되었다고 했다
나는 몸이 많이 아프지 않았으므로 일단은 다행이었고
그냥 모든 것을 조용하게, 조용히 살아가야겠다고 생각했다
잠시 추위는 물러났고 그 사이 묵은 때를 청소하기 위한
길거리 청소 차량들은 좁은 거리를 분주히 오갔다

젊고 예쁜 기상캐스터는 올겨울은
예년 같은 추위는 없을 거라며
지구 온난화 현상을 주원인으로 꼽았다
모든 일상은 전과 다름없는 듯 보였으므로
사람들은 저마다의 봄이 곧 올 거라는 믿음이 있는 듯했다
별거 없는 겨울을 보내면서
새로운 꿈을 꾸는 웃긴 일을 우리는 줄곧 보곤 했다

집값은 계속 오른다며 강남 불패 신화는 이어진다고 했다
아이 둘을 다 의사로 키웠다는 나이 든 목사는
돈을 벌 수 있는 다양한 방법론을 설교 중이었다
전적으로 맞는 얘기라며 다들 고개를 끄덕이며
공감을 표했다

>

맞는 얘기, 때론 옳은 얘기
절대 실패하지 않는다는 부동산 투자와
일단은 성공한 것 같은 암 수술과의
상관관계는 규명하기도 어렵고
그리 중요하지도 않았다
뭔가 안 어울리는 옷을 엉거주춤 입은 듯한 그 겨울
난 그저 단지 일상이 내 생각대로 조용했으면 했다

오직 바람은 그뿐이었던 그 겨울,
그다지 춥지는 않았지만 사람들은 다들
예년과는 다른 비상함을
외투 깊숙이 찔러 넣고 있었다
날씨는 날씨대로, 일상은 또 일상대로, 얘기는 얘기대로
서로 다른 곳을 바라보며 다른 꿈들을 꾸고 있는 그해 겨울

꼭 온다고 했던 그날

주소를 적어 줘
이제 머지않아 봄이 올 테니
네게도 꽃 한 다발을 부쳐 줄 날이 올 거야
그날이 곧 올 거야
지금은 설거지를 다 못 한 그릇에서
쉰내 나는 밥풀 향이 나지만
그래도 바람은 군데군데 따뜻해지려고 해

조금만 더 기다려 봐
정말 바로 올 거야
믿고 기다려 봐
다들 그렇게 오지 않을 날들이라 얘기하지만
난 올 거라 믿어
그래, 이제 바로 봄바람으로 다시 올 테니
조금 있으면 맛있는 냉이 향만 날 거야

금방 설거지를 끝내고 마지막 찬바람을 맞으러 나가자
오늘이 지나면 다시는 이 바람은 돌아오지 않아
내일은 또 내일에 어울리는 바람으로 올 테니
바람에 흩날리듯 나도 주소를 적어 둘게

아마 또 내일이면 네가 나를 잊을 수도 있을 테니

잊지 말고 꼭 주소를 적어 줘
네게 보낼 꽃다발도 지금 오는 중이라 했어
만개한 5월 장미 같지는 않아도
그간 우울한 추억을 감출 정도는 되도록
향기 나는 꽃을 준비하라 했어

그리고 약속해 줘
그 꽃을 받고 나면 꼭 얘기를 해 줘
잊지 못할 것도 잊고, 잊지 말아야 할 것도 잊는
너만의 비책은 무엇인지

언젠가 올지 모를 그 날들을 위해서
준비한 노래는 또 무엇인지
혹시 오지 않을까 조바심 나던 날은 없었는지
정말 너의 봄바람은 그날을 알고 있는지
사람들은 아니라고 했던, 이미 지나가 버린
그날이 혹시 그날이었던 것은 아닌지

>

네게 정말 궁금한 것이 많아
난 네게 꽃을 부치지만, 넌 내게 그냥
안녕하냐고만 물어봐 줘
그날이 오면 다 알 수 있는 일들이니까
네가 얘기해 주면 다 알 수 있는 일들이니까

어서 빨리 그날이 왔으면 좋겠어
혹시라도 내가 모르는 사이
내 곁을 무심히 스쳐 지나칠까 봐
걱정이 되기도 하지만
많이 기다리고 있어

사람들은 오지 않을 날들이라 얘기하지만
난 올 거라 믿어
아, 조금씩 봄바람이 다시 불기 시작했어
곧 오겠네, 바로 오겠어

꽃

피더라도 수줍게 살며시
지더라도 때를 안 듯 조용히
색깔과 모양의 문제가 아니다

열매를 위한 작은 희생
나를 잊지 말고 관심을 가져 달라는 속삭임
소리도 없이 예고도 없이
어느 날 문득 돌아보면 있다
향기로 보이고 바람으로 남는다
하늘하늘 조용히 남는다

꽃은 언제나 일시적이다
그래서 아름답다

당구와 같고 등산과 같고 노래방과 같은

마치 깨달음을 얻은 것 같아 좋다
기억 속 어렴풋이 뿌듯한 그것과 유사하기도 하다
늦은 밤 학교 도서관을 나서는 그 느낌
집으로 가는 발걸음이 약간은 덜 초라한 그 느낌
오늘 하루짜리의 짧은 구원을 받은 듯한 그 느낌

해 놓은 것 없는 불안감에는 더 효과적이다
별것 없는 시간만 지나고 있다면
살짝 돌아보는 좁은 틈이 된다
늦은 밤 달빛 아래 좀 더 살아도 되는 것으로
면죄부를 받은 느낌

모든 것이 불만스러운 세상이거나
지금 힘든 시간을 겪고 있다면
그 시간들을 빨리 가게 해 주는 것

뭔가를 남기는 것
글로 남기는 것
시라고 생각하고 끄적여 보는 것

영등포구 선유로 49길 23 일대

선유도 쌈밥집이 문을 닫은 지는
벌써 한 달 가까이 되어 갔다
가족끼리 하는 식당이 문을 닫았다면
그것은 필시 임대료 때문이라며
사람들은 뜬금없는 부의 편차와 불평등 이론에 열을 올렸다

아이에스 카페에서는 의자와 탁자들이
술 취한 영혼들이 되어
가게 한쪽 구석에 서로가 서로를 안고 포개어져 있었고

청년 맥줏집은 저녁 일곱 시 사십 분이 되어서야
우리를 첫 손님으로 받고
그렇게 우리를 마지막 손님으로 아홉 시에 문을 닫았다

인기명 갈빗집의 종업원은 멍한 눈을 들어
문밖 동정만 살필 뿐이고
바로 옆집 할매순댓국집은 아예 임시 휴업을 한다는
안내판을 붙여 놓았다
잠시 멈춤보다는 폐업을 준비하는 시간에 가까웠다

>

된장찌개 하나로 6층 건물을 올리고
노무현 대통령도 좋아했다는 확인할 수 없는
소문만 있던 또순네 집도
전과 다른 수척함을 보이긴 마찬가지였지만,
그래도 저 집은 자본가 계급이므로
괜찮을 거라는 막연한 심술이
사람들 내면 깊숙이 자리 잡던 그 겨울이었다

좁은 사거리 코너의 호떡 장사 픽업트럭이
이 동네 일대에서는
그나마 제일 호황인 가게로 손꼽힐 그해 겨울

동지를 향해 해는 점점 짧아질 즈음 이상스레
선유도 49길 23 일대의 공기는 유난히 건조했다

예년처럼 반짝이는 꼬마전구 장식도 없는 좁다란 길에는
사람들의 발걸음 소리보다 마른바람이
먼저 앞길을 쓸고 지나갔다

힘없는 사람들과 힘 잃은 건물들만 고만고만 모여 있는

선유로 49길 23 일대

유 · 무산 계급 간 계급 투쟁론은
술자리의 공공연한 술안주로 올랐고
정확히 아홉 시가 되면 가게들은
채 다 소화되지 못한 지친 술지게미들을 일제히 뱉는다

좁은 거리의 불빛들은 때를 맞추어 순차적으로 소등되고
누구도 관심 갖지 않는 취중 진언 혹은 취중 실언들은
제 갈 곳을 찾지 못하고
허공의 찬바람으로 흩어지고 있었던 그때
참으로 고요해진 선유로 49길 23 일대 이야기

먹기 좋은 날, 행복한 날

정읍 산외면에서는 생후 40개월 미만의 소만 잡아서
고기가 맛있다고 했다
3년 4개월을 살다 죽는 것이라고 했다
그 한우거리는 그렇게 생겼다고 했다
TV에서는 그래서 이 지역 한우가 맛있다고 했다
그곳에선 한여름에 이름보다 백배는 더 아름다운
개망초 꽃이 만개해 있었고
한겨울에도 동백은 빨갛게 피어 봄이 되어야 진다고 했다
그래서 한여름과 한겨울에는,
눈이 아프도록 고운 그 계절에는
죽어 가는 소의 숫자도 먹어 가는 사람의 숫자도
줄어든다고 했다
만개해 있는 꽃이나 지지 않는 동백 때문은
아닐 거라 생각했다
본격적인 죽음의 계절은 항상
좋은 날씨를 주로 골라 몰려오는 습성이 있다
새싹이 자라난다든지
온갖 색의 풀과 잎들이 물감을 뿌려 놓은 듯하다든지
그런 화려하고 보기 좋은 날에는
하여간, 날이 좋다는 날엔

죽음이 좀 더 가까이 오는 것은 사실이다
날이 좋아 즐거운 날
날이 밝아 웃는 날
많이, 맛있게 먹을 수 있어 행복한 날
사실, 행복하고 즐거운 것의 끝은
결국 죽음과 연결되어 있었다
그렇게 우리는 너무 좋은 것은
너무 나쁜 것의 이면일 뿐임을 체험적으로 알고 있다
그것이 우리에게 한봄과 한가을이 없는 이유다

병원 다녀오는 길

두려움 없이 의연하게
아니,
두려움 없는 것 같은 의연한 느낌으로
분명하게는
두려움 없는 것처럼 보이게, 의연한 모습으로 보이게
더 정확히는
죽음 앞에서도 구차하지 않고 멋있어 보이는 모습으로 남기

한 달씩 이어 오는 생이라는 생각이 든다
야트막한 연건동 병원 건물로 오르다 보면
이번 한 달을 유예받아야 할 생을 생각하면
숨이 먼저 차오른다
—다음 달에 뵐게요
—아…… 예…… 감사합니다
그렇게 또 한 달치의 삶을 유예받고 이어 가고 있다

남녀노소를 구분하지 않는다
생의 재판정에서 흰 가운의 재판관은
수리적으로 판단하고 기계적으로 판결한다
한 달 후에 다시 오세요, 삼 개월 뒤에 뵐게요

정서적 공감과 감정적 교류는 올바른 판단을 해칠 뿐
생은 그렇게 연장되고 또 이어진다

병원의 탈출구는 대로를 따라 몇 개로 나뉘어 있다
때론 대학로 방향으로, 때론 창경궁 방향으로
무심코 병원을 나올라 치면
매번 허락받은 잔여 생을 생각하며
퇴로를 고민한다
삼 개월 연장은 대학로 방향으로
일 개월 유예는 창경궁로 쪽으로

합당한 것인지 너는 알지 모르지

나는 모르는 그것
누구에게나 오는 그것
하지만 언제 올지는 아무도 모르는 그것

선택과 집중, 줄임말로 영끌

영혼까지 끌어모은다
여기저기 쉬고 있는 영혼
열심히 공부하고 있는 작은 영혼
한쪽 구석에서 몰래 눈물 흘리며 분노하고 있는 영혼
또 한편 당신의 소중함을 느끼고 싶은
보일 듯 말 듯하는 수줍은 영혼까지
발바닥에서 정수리까지 모두 끌어모아라
모든 순수한 것들부터 그 심연의
악하다 못해 부끄러운 영혼까지
모두 모여라
집중을 해서, 눈을 바로 들어 하늘을 보라
하나로 끌어모아라
그렇게 집중을 하면 보인다
서성이는 많은 영혼들이 보인다

가장 민감하게
가장 예리하게 보면 보인다
제일 앞서서
누구보다 재빠르게

>

집을 산다

탁월한 선택을 했다고들 한다

어떤 기저질환

얘기를 하다 보면
그리고 듣다 보면
불편할 때가 있지
아마 감기일지 몰라
아니면 감기처럼 가벼운,
약간은 숨기고 싶은 기저질환이거나
분명, 그건 그 안에, 그 깊은 안쪽 어디엔가
숨겨져 있는 진실이 있는 게지

누구에게도 보여 주기 싫은 얘기
꽁꽁 묶어 두어야 할 얘기
애써 외면했으면 하는 얘기
가끔 방심하는 틈을 이용해 어두운 진실의 질병은
수면 위로 올라오지

어느 순간 나도 모르게 스리슬쩍
내 머리 위에 똬리를 틀고 나서
조용히, 무심히 내려다보는 무서운 그것들
진실은 언제나 두려움과 어두움,
어쩌면 대면할 자신 없는 불안함

>

그래, 그럴 거야
현실은 아닌 게지
지금 우리가 하고 듣는 모든 얘기는 그냥 꿈일지 몰라
단지 지난밤 악몽이 다시 나타나고 있다는 징조인지 몰라
밤은 항상 오지만, 불편함이 매일 오지는 않아
오늘만 참으면
잠시 눈을 감으면 불안함은 사라져

눈에 보이는 것이 없으므로
부끄러움은 없어지고 어두움도 사라지지
잠시 눈을 감고 기도하면 돼
보이지 않게 해 달라고 기도하면 돼
잠시 스쳐 가는 일일 뿐이야
마치 감기처럼
가끔 불편함을 느낀다면
그건 감기일 거야
감기가 맞을 거야 분명해

윤승희

약간은 왼쪽 윗니에 덧니가 났었지 아마?
아담한 사이즈에 무척 귀여웠던 얼굴이었지 아마?
당시는 유행이었는지 굵지 않은 뽀글이 파마머리로
항상 웃는 얼굴이었지 아마?
살랑살랑 엉덩이를 흔드는 모습이 나름 섹시했었지 아마?
이민을 갔다는 얘기도 있고 중정에 끌려가
죽었다는 얘기도 있고
한 4년 정도 나오다 말았지 아마?
나는 좋아했는데 다른 사람들은 어땠을라나 몰라?

40년도 넘은 일이고 흑백 티브이로 본 게 돼 놔서
지금 보면 또 어쩔라나 몰라?
아니, 지금 다시 봐도 예쁘겠지 아마?
좋아했던 것은 시간이 지나도 잘 안 변하지 아마?
근데, 모르지 그건, 내 눈깔이 변했는지 몰라?
나이를 처먹더니 전에 없던 울뚝 배알만 자꾸 꼴리니
또 모르지 다시 보니 그 귀여움이 천박해 보일지 몰라?
귀여움과 천박함,
아담함과 왜소함,
섹시함과 요사함, 다 한 끗 차이잖아 그지?

하긴 사는 게 다 한 끗 차이 아니겠어?
어쨌거나 노래는 잘 불렀지 아마?

꽃 피는 봄이 오면 내 곁으로 온다고 말했지
노래하는 제비처럼*
생각해 보니 그땐 그래도 뭔지 모르게 즐거웠는데 그지?

근데 언제 온대?
들었어?
정말 오긴 온대?

* 윤승희 노래 「제비처럼」의 첫 소절.

이 엄중한 시국에 시 타령이나 하다니

그 형은 지금이 한가하게 시 타령이나 할 때냐고 물었다
난 한가해서 시 타령을 하는 게 아니라
아무것도 할 수 있는 게 없어서
시 타령이라도 해 보려 하는 것이라 했다
지금 때가 어느 때인데, 이런 비상시국에
회사 문제, 나라 문제로 머리가 아파 죽겠는데
넌 시 타령이나 한다며 마른 입맛을 다시고 있었다

갑자기 시대의 방관자가 된 듯한 느낌이었다
시대의 아픔을, 현실의 문제를
이해하지도 공감하지도 못하는 국외자

그 형은 현 정부가 너무 무능해서 이 시국에 대응하는 조처가
다 수준 이하라 얘기했다
따르는 술잔에는 술보다 울분이 더 가득했고
육십이 넘어 저런 열정이 있다는 것이 새삼, 새삼스러웠다
무서운 열정, 정말 열렬한 열정
술이 깨면 또 잊히는 순간의 열정
범국가적, 전 인류적인 정의의 열정
너무도 선명하고 명확한 열정

나는 없다는 그들만의 열정

때는 한가하게 시 타령이나 할 때가 아니었다
한가하지 않은 듯하게 시 타령을 하기로 했다

시로,
회사 타령, 나라 타령,
시대의 문제 타령, 정의의 타령을 하기로 했다

그렇게 한가하게 보이지 않는 시 타령을 하기로 했다
누구도 이해하지 않는 그 시 타령을 말이다

일일 일 시 쓰기

매일 시를 쓰기로 마음먹는다
고해성사를 하듯 그날 밤에 그날 하루치의
죄 사함을 위해 매일 그날의 시를 쓰기로 한다
아름다움이니, 시적 미학이니 하는 말은 잊고
그저 진실해지는 것이 중요하다고 생각하며
매일 쓰기로 한다

하루 한 편의 시로 모자라면
죄 사함이 응답될 때까지 쓰기로 한다
추우면 추운 대로 더우면 더운 대로
고백해야 할 죄는 산을 이루고 있다고 생각하고 쓰기로 한다
몸을 씻고 책상을 치우고
옷매무새를 정돈하고 정죄의 의식을 준비하며
시를 대신한 성의 표시로 약간의 죄 사함을 받으리라 믿는다

커튼을 치고
불을 줄이고 집중할 수 있도록
음악은 잔잔히
마음은 편안히, 솔직히 고백할 수 있도록
잠시 눈을 감고 무엇인지 모르는 선한 것을 생각한다

창문 틈 바람은 밤이 되어 거세지고
겨울 한기는 고요히 나를 흔든다

조용히 일어나 창문 틈을 보정한다
자리에 눕는다
내일부터 쓰기로 하고
일일 일 편의 시를 생각하며
눈을 감는다
평온하게, 편하게

할머니의 정, 고향의 맛

구십팔 세에 돌아가신 할머니는
팔십팔 세에도 스스로 밥을 해 드셨다
할머니의 정, 고향의 맛

일 년에 한 두어 번 얼마나 더 사실지 점검하러 간 날이면
항상 할머니의 정과 맛을 느끼고 와야 한다
같은 얘기를 계속 데시벨을 높여 가며
소리를 질러야 대화가 가능했던 때
얘기는 항상 오십 년 전의
젊은 할머니와 어린 나의 모습을 기억으로 더듬었고
그 밥상머리의 얘기와 기억들은
깔깔한 밥맛으로 입안으로 밀려들었다

어서 먹으라고 휘젓는 기미 가득한 검은 가죽 같은 손은
언제나 할머니의 정과 맛으로 이어졌다
뭐가 필요하냐고 소리를 질러 물으면
주저하던 고성의 메아리는
이 빠진 발음으로 돌아왔다

—다시다 큰 거 하나 사 와라

—할머니도 다시다 써?
—이거 없었을 때는 어떻게 음식을 했나 몰라?
기억이 안 나……

너무 지난 시간이 많아 지워진 기억이 더 많았던 한때

열여덟 시집온 애기만큼 선명한 다시다의 맛, 그 고향의 맛
두 손 듬뿍, 만 원짜리 돈다발을
제일 좋아했던 우리 할머니
다시다 없이는 음식을 못 하는 우리 할머니
홀로 많이 외로웠던 아흔여덟의 우리 할머니

박복한 년 우리 엄마

"아유… 정말 내가 박복한 년이야……"
평생을 주문처럼 달고 다니는 말

얼마 전 아래층 셋방에서 대장암으로 조용히 숨을 거둔
예슬이 할머니의 죽음을 엄마는 연전 돌아가신 아버지의
죽음보다 더 충격적으로 받아들였다

박복한 엄마보다 더 박복해서 그나마 엄마 박복의 몇 안
되는 심리적 마지노선이 없어진 것이다

박복을 느낄 때마다,
뜻도 없고 끝도 없는 경쟁의 편차를 겪을 때마다
유일하게 바닥을 깔아 주어 마음의 위안이 되어 주었던
그래서 엄마에게 유일하게 적으로 남지 않았던
박복의 바닥을 보였던 예슬이 할머니
엄마를 위해서라도 꼭 살아 있어야 했을 예슬이 할머니

잠시 엄마의 세상은 약간은 우울했고
그 우울보다는 좀 더 많이 당황스러웠다
유난히 오래 끌었던 그해 장마가 끝날 즈음

겨울은 예년보다 빨리 오는 듯했고
엄마는 예슬이에게 박복의 바닥을 이어 주었다
노랑머리 예슬이
뚱땡이 예슬이
그래서 연애도 못 하는, 직업도 없는
20대 초반의 젊은 예슬이
불쌍한 천애 고아 예슬이
20대가 80대에게 밟힌 유일무이 존재 예슬이

이제 예슬이에 대한 박복의 서열 정리는
자비와 이웃에 대한 사랑으로
승화되어 다시 한번 박복의 마지노선을 구축했다

그리고 세상은 안정을 찾았다

인사 철에는 인사를 잘해야 해

23년 차 서울대 경영학과를 나온 신 상무가 잘렸다
한 상무도 같이 그만둔다고 했다
나름 먹고살 만한 한 상무는
이놈의 조직은 삶을 지리멸렬하게 만든다며
자진 사퇴를 했다고 했다
아쉬움보다는 부러움이 컸던 이야기였다
신 상무는 나가라니까 뭐 어쩔 수 없다며
아쉽지만 괜찮다고 했고
이미 차가워진 번데기탕을 뜨는 숟가락은
국물을 흘리고 있었다
그리고 아무도 위로의 말을 거들지 않았다
그 자리에서의 위로의 말이란 것이
무척 어색할 거 같다는 생각을
본능적으로 알 수 있었다

술자리가 딱히 무겁지는 않았지만
그 분위기의 칙칙함은 어쩔 수 없었다
이미 나온 사람도, 이제 곧 나올 사람도
신 상무의 얘기에 고개를 끄덕이고 있었다
동의의 표시인지, 공감의 표현인지

아니면 사필귀정이란 뜻에 대한 또 다른 표현인지
아무도 알 수 없었다

취한 술잔들이 찌개 한 숟가락을 뜰 때마다
추임새처럼 힘차게 고개를 끄덕일 즈음
고기 한 점을 입에 넣던 한 현직은
능력 위주의 인사가 아니었다고도 하고
또 회사가 언제부터인지 능력보다
주위 관계 위주로 사람을 뽑는다며
인사 철에는 방긋방긋 인사를 잘해야 한다는
말도 잊지 않았다

옳든 그르든 중요치 않았다
듣든 말든, 긍정을 하든 부정을 하든,
얘기는 별 의미가 없었다
다들 술잔을 향해 계속해서 고개를 끄덕일 즈음
날씨는 예상보다 쌀쌀했다

금방 또 좋은 일이 있지 않겠냐며
반쯤 꼬부라진 혀로 스스로를 위로하는

신 상무, 아니 전직 신 상무의 밤은 그날따라
더 더디 흐르는 듯했다
모든 것이 못내 아쉬웠던 그날
끝내 신 상무는, 전직 신 상무는 씨발 사는 게 개떡 같다고
술에 절은 욕을 질펀하게 쏟아 내더니
그 많던 망개떡 아저씨는 다 어디 있냐며
평소 잘 먹지도 않던 망개떡을 찾아 술 취한 눈,
자꾸 감기는 눈을 들어
한참을 두리번거리고 있었다

찬 북태평양 고기압이 갑자기 밀고 내려와
예기치 못한 강추위가
맹위를 떨치던 그날 밤 일이었다

제3부

공갈빵

약간의 설탕물이 발린 속
잘 구워진 고소한 색에 두툼한 부피
갈라 보면 아무것도 없는 빈껍데기

바로 그 속을 볼 수 있어 좋다
복잡하지 않아서 좋다
그냥 단순해서 좋다
꽉 채우지 못하고 화려하지 못해
아쉬운 마음에
거짓으로 부풀린 몸이 애처로워
측은한 정이 간다

모든 빵은 다 그 무게만큼, 부피만큼
인고의 시간을 버텨 온 것
화려함에 주눅 들지 말고
무게감에 위축되지 말아 다오

난 무엇보다
네가 무엇인지 금세 알 수 있어
오히려 좋다

감정 변화에는 이유가 따로 없다

눈물을 흘린다
조용히 운다
혼자서 몰래 운다
목 놓아 운다

노래를 듣다가
책을 읽다가
TV를 보다가
내 곁에 코를 깊이 파묻고 있는 네 발 생명을 보다가
나를 빨리 죽여 달라고 애원하다 돌아가신
아버지를 생각하다가

너도 가끔은 그렇듯
나도 가끔 그렇다
아니, 오히려
너보다 더 자주
이유 없이
이유 모르게
이유 숨기고
그냥 눈물이 난다

왜인지 모른다

네 눈물의 이유를 모르는 것과 같다

네가 가끔 우는 이유와 같다

그것은 무엇일까?

가까이할수록 좋다
근처에 갈수록 계속 커진 느낌이다
멀어질수록 외롭고 힘이 든다
점점 다가갈수록 희망이 보이듯 단꿀이 보인다
무한에 가까이 수렴할수록 신이 되어 간다
한 번 가까이 가면 다시 멀어지는 것을 용납할 수 없다
정말 가면 갈수록
멀어지지 않으면 않을수록
가까우면 가까울수록
놓치기 싫은 것
다시 멀어짐을 생각할 수도 없는 것
나도 지금 이 시간을 꿈꾸고 있고
너도 평생을 기다리는 것
분명 사랑과 평화와 정의는 아닌 것
거울을 보면 알 수 있는 그것

꿈에 본 내 고향

아버지 한창때
거나하게 술에 취하면
기분이 좋은 건지 슬픈 건지
꿈에 본 내 고향이 마냥 그리워~~를
불러댔다
열아홉 인민군에 징용되어 집을 나설 때
울던 어머니가 눈에 선하다고 했다
너무 그립다고 했다
자꾸 눈물이 난다고 했다
생각해 보니
수용소에서 북으로 가는 줄에
서는 게 맞는 일 같다고도 했다
그때는 단지 고생이 너무 싫어서라고 했다
너희들도 이제 다 컸으니 이해할 것이라며
가끔 술에 취한 눈물을 보이기도 했던 때의 일이다
점점 힘도 빠지고 목소리도 작아지고
사람들 눈치도 보기 시작하고
특히 밤이면 하늘을 많이 바라보던
60대 때의 아버지 이야기다

난치병

뭔가를 남겨야 한다는 강박증
또는
뭔가를 꼭 가져야 한다는 집착증
그리고
뭔가를 보여 줘야 한다는 노출증
아니면
뭔가 다른 것을 보고 싶다는 관음증
분명 증상은 나타나고 체감으로 알 수 있다

어쨌거나 진단은 달라도 분명 증상은 명확한
나는
환자다

라이프 이즈 뷰티풀

팔십칠 세의 아일랜드 출신
보니Bonny 할머니는 행복해 보였다
뉴저지의 요양 센터에서 일 년에 한두 번 자식을 본다 했다
라이프 이즈 뷰티풀
에브리데이 이즈 어 기프트
약간은 낮고 하지만 정확한, 흔들림 없는 신념으로
늙어 노망이 났거나
오랜 수련 끝에 득도를 했거나

무척이나 확신에 찬 목소리에
하마터면 나도 믿을 뻔했던 말
아니, 믿고 싶은 말
이제 몇십 년만 더 지나면 나도 확신할 수 있을지 모를 말
꼭 지나고 나야만 나는 아는 말

라이프 워즈 뷰티풀

단상

버티다
가끔 끌려가다
마지막이다
내 눈을 지그시 보다
힘겨워하다
창밖을 바라보며 누워 있다
먼 시선으로 보다
숨을 몰아쉬다
묻히다
태우다
그립다
그간 나를 떠난 것에 대해

그리고 남는다
한으로
부끄러움으로
아쉬움으로
영원히

그래서 항상

생각하면
왈칵 눈물이 난다

지나간 것들의 좋았던 기억과 상관없이

대중가요

정태춘의 음악을 듣던 날
끄적이던 노트를 보면서
나도 멜로디를 붙여 보면 어떨까 하면서
쓰고 지우고 또다시 지우고 쓰곤 했다
서정적이지 못한 것에 대해
리듬적이지 못한 것에 대해
철학적이지도 자성적이지도
그렇다고 사랑적이지도 못한 것에 대해
그렇지만 뭔지 모를 애절하고 답답한 것에 대해

별 내용도 없는 것에 애써 의미를 담아
그렇게 흥얼흥얼 끄적끄적
남들은 못 듣게 아주 조용히
나만의 목소리로 숨죽이며

시가 되었으면 했지만
노래 가사가 되어도 좋겠다 생각했다
그대에게 닿을 수 있다면 무엇이든 괜찮다 생각했다
시는 언제든 노래가 되고
노래를 곰곰이 생각해 보면

시가 되는 그런, 그들과 같은 느낌

따분한 시를
현학적 시를
상징적 시를
그리고 그리운 모든 것을
역사에, 네 가슴에 길이 남기는
가장 빠른 길
조금은 맑은 정신으로 끄적끄적
조금은 큰 목소리로 흥얼흥얼

별것도 없는 봄을 기다리다니

회양목 낮은 줄기 사이로 노란 꽃이 필 날도
이제 멀지 않았어
그때가 되면 봄도 오는 게지
겨우내 남극의 펭귄 떼처럼
서로의 등에 기대어 칼바람을 피하던 회양목은
그래서 항상 무더기로 자라는 게지
외롭지 말라고
낮고 작은 것들은 뭉쳐야 산다고
누구도 관심 두지 않는 것들은
스스로 알아서 살아야 한다고
매해가 그렇게 스스럼없이 오고 또 가고
한겨울을 올곧게 이겨 낸 낮은 가지들에게
축복처럼 별빛이 내리는 밤
살아 있으니 보기 좋다
꿋꿋하니 대견하다
아직도 그렇게 함께 의지하니 눈물 난다
조금만 지나면 나아질 게야
이제 상원上元도 막 지났으니
정말로 봄도 멀지 않은 게지
그렇게 봄은 올해도 또 오려는 게지

분명 벚꽃이 필 무렵에 조용히 오려는 게야

그러면 분명 나아질 게야

숨바꼭질

머리카락 보일라 꼬옥꼭 숨어라
머리카락 보일라 꼬옥꼭 숨어라
반드시 열 번
경고와 같은 주문을 운율에 맞게 외친다
깊은 심호흡을 하며
고개를 파묻고 괜스레 눈을 질끈 감는다

해가 기울기 시작할 무렵 시작해
꼭 저녁 식사 호출이 있어야 끝나는 의식
그가 나를 찾지 못하도록 안 보이는 곳으로
더 어두운 곳으로
더 깊은 곳으로 숨어 들어간다

어쨌거나 최후의 1인까지 발각해야 끝나는 게임
누가 시키지 않아도 스스로 학습하는
숨기와 추격의 본능 대결
되도록이면 조용히
가능하다면 깊이깊이
할 수 있다면 머리카락 하나 안 보이도록
투명인간이 꼭 되고 싶었던 하루의 끝자락엔

언제나 쫓고 쫓기는 추격전이 있다

노력을 다하였느냐
최선을 다하였느냐
숨어 있는 것들을 찾아내기 위해
감추어진 비밀을 드러내기 위해
이제 나를 대신할 희생양을 고르기 위해
할 수 있는 한 모든 방법을 동원해 찾아내야 한다
그것이 네가 살 수 있는 유일한 방법
지금 네가 살고 있는 그 방법

못 찾겠다 꾀꼬리
못 찾겠다 꾀꼬리
반드시 두 번 이상을 크게 외친다
모든 이가 다 들을 수 있도록
많은 사람들이 다 내가 실패자임을 알도록
그러면 끝난다

슬픔이 차면 때론 욕이 나온다

선유로 49길 23 그 건물의 지하 주차장에서
지상으로 오르는 비상계단 벽에는
아무나 쓸 수 있는 자유 게시판이 있다
누구나
조건 없이
편안하게
아무렇게나
무엇이든
맘대로
쓰고 지우고
또 지우고
또 쓰고
그렇게 염원과 의지들은
표출되고 사라지고
때론 기억이 되고
아쉬움이 되고
그리고 며칠째 지워지지 않고 있는 누군가의 염원

"다 먹고살자고 하는 일인데……
다들 쉬엄쉬엄하세요"

>

제기랄

지끼미*

제길

전들꺼**

눈에 뭐가 들어갔나?

* 지끼미: '빌어먹을'의 경상북도 사투리.

** 전들꺼: '제기랄'의 경상북도 사투리.

양양 가는 길 44번 국도

그 길은 양평을 좀 지나면 곧 느낄 수 있다
고목들은 그 스스로의 을씨년스러운 자태로 꼿꼿하고
딱히 할 일 없는 겨울바람들이
건달처럼 드문드문 몰려다니는 곳
이제는 늙고 힘없는 그 44번 이 차선 국도를 한참 가다 보면
그리운 당신도 만날 수 있다
조심만 한다면 비 오는 날은 더욱 좋다
추적추적 빗줄기 사이로 당신의 환한 웃음을
유일하게 볼 수 있는 길

높은 구름 아래로 보이는 한계령 그 바위산이
솔숲 사이 검게 그을린 굳은살이,
켜켜이 쌓인 숨 가쁜 고개가
그 품 어디엔가 아직도 향기 잃지 않고 숨어 있는
당신의 오래된 모습이
그때 당신과 함께했던 많은 사람들이
지금은 둥근 수국水菊이 되어
산 천지, 들 천지 곳곳에 낡은 이정표로만
드문드문 남아 있는 그 길

>

그곳을 가다가
그 냄새와 기억을 좇다가,
혹시 그때의 그 굽이굽이 산을 돌아가다가
갑자기 외로워진다면
라디오를 켜도 좋다
그리고 양희은, 그 슬픈 목소리의 한계령을 들어 보라
저 산이, 아니 그 산이 너를 오지 마라 한다는
양희은의 외로운 목소리를 기다려 보라

그렇게 44번 쓸쓸한 국도를 지나다 보면
외로운 한계령을 향하다 보면
가끔은 뒤늦은 가을걷이에 바쁜 용문리 이장 댁도 볼 수 있고
좀 더 깊숙한 가을이 되면 외로움에 익숙해진
바람 소리도 들을 수 있다

어느 날 문득 지나간 그날들의 흔적이 그립다면
그때 다시 한번 한계령을 넘는 그 길을 찾아가 보라
좁다고 느껴지는 그 이 차선 도로 사이 혹시 모른다
아직도 너를 기다리는 그때
그냥 무심코 지나쳐 온 미련의 그 풍경

지금도 그 자리에 우두커니 서 있는 그때
그 회한을 다시 볼 수 있을지 모른다

인생에서 한 서너 시간쯤 낭비했다고 생각하자
잠시 쓸데없는 짓했다고 생각하자
다시 오지 않을 것에 대한 연민이라 생각하자
아무 조건 없이, 주저하지 말고 천천히 가 보자

44번 국도에는 그 잊지 못할 수백만 가지의 기억들이
아직도 무성한 가지로 남아 있다
모든 것이 있어야 할 그 자리에 그대로 있는 그 풍경 속에서
그 길은 그렇게
이미 한참을 늙어 버린 뒷방 노인네로
그래도 아직도 굵은 노목의 은은한 향기로
그리고 큰 주름이 파인 이 차선으로
다시 올지 모를 너를 기다리며 남아 있다
우리들 추억의 역사로, 영욕의 역사로,
다시 못 올 그리움의 역사로 말이다

이사는 손 없는 날

잠시 멈추고 봐야 알 수 있다
그저 지나는 눈으로
혹은
관심 없는 눈길로 힐끗 봐서는
알 수 없다
사다리차의 오르내림만 봐서는 알 수 없다
물건이 트럭으로 가는 것인지
아니면 트럭에서 나오는 것인지
그 무거운 짐들이
새로운 희망으로 들어오는 것인지
답답함으로 나가는 것인지
비록 손이 없는 날일지라도
어쨌든 뭔가에 예민해져 있는 날
어쩔 수 없이 눈을 마주친다면
어떤 인사말이 어울릴지 고민되긴 서로 마찬가지

이사 잘 오셨다, 라고 하면 적당할까
이사 잘 나가시는 거다, 라고 하면 예의 바른 걸까

윤아 엄마 1

다음 달이면 환갑이 되는 윤아 엄마가
이제 길어야 이 개월 남았다는 진단을 받았다
엄마는 젊은 사돈이 너무 안됐다며 깊은 한숨에
늙은 자신의 모습을 투영했고
동갑내기 시누이의 불행한 현실에
누나는 끝내 눈물을 흘리고 말았다
친척들은 자식이라곤 달랑 아직 결혼도 안 한
서른이 훌쩍 넘은 딸년 하나로 어찌 장례를 치르냐며
산 사람의 장례를 일찌감치 준비하고 있었고
이제 살 만하니 가게 생겼다며
윤아 엄마의 이웃들은 혀끝을 차며 못내 아쉬워했다
죽는다는 말보다 더 두려운 말이라고 했다
병원에서는 더 이상 치료할 게 없다며
이제 집으로 돌아가시라는 말을 했고
눈물을 바가지로 흘리고 있는 남편을 보며
더 가슴이 아픈 것은 윤아 엄마였다
공장에 휴직계를 냈다는 윤아는 서서 울고
병원비로 마지막 재산인 화물차를 팔았다는
남편은 앉아 울고
아직도 꽃같이 고운 윤아 엄마는 창밖 어둠만 바라보고

그렇게 고요하기만 한 그날 밤은 유난히 어둡고 길었다
멀리 개 짖는 소리가
영화 속 늑대 울음처럼 아련했다

윤아 엄마 2

담낭은 없어도 살 수 있다며
체질적으로 염증이 많은 사람들이 있다며
떼어 내야 한다고 했다
죽음과는 무관하므로,
아니 어찌 보면 죽음과 무척 밀접하므로 입원한 날
지구의 또 다른, 멀지 않은 한편에선 조용히
윤아 엄마가 떠났다
그날의 광주에는 빛도 없었고
서울보다 더 흐리고 축축했으며
오후에는 간간이 비도 내린다는 그날이었다

아주 오랜만에
윤아 엄마가 아닌 임상예란 이름을 달고
부고장으로 날아든 바로 그날이었다
병원에서 더 이상 할 것이 없다고
퇴원하라고 한 지 딱 한 달 만의 일이었다

병과 싸움 이전에 그간 쌓았던 지상의 모든 정을
끊어 내야 했던 것이 더 힘들었을 그 한 달
윤아와 윤아 엄마가 살면서 가장 많이 서로를

쓰다듬어 주었던 그 한 달이기도 했다

살면서 처음으로 당당히 제 이름으로 불렸던 날

고인 임상예
상주 최윤아, 최득수

아주 단출한 가족이 세상 제일 복잡한 마음으로
윤아 엄마를 보냈다
고 임상예 씨를 보냈다
봄을 재촉하는 가랑비가 천천히 내리던 그날이었다

소녀였고 야위었고 평화로웠던 제비꽃*

제비꽃을 듣고 나서야
처음으로 제비꽃을 봤다
그 슬픈 노래처럼
그 안개 같은 낮은 목소리처럼
그것이 정말 고요한 평화 같은 것인지
꼭 보고 싶었다

고개 숙인 모습으로
지난 일을 회상하는 것인지
슬픔의 한을 감추려
눈물을 참고 있는 것인지
꽃잎이 다 질 동안 땅을 향해 있는
보랏빛 상념을 봤다

제비꽃을 보고 나서
집으로 가는 길에
제비꽃을 들었다
이유 없이 보기에도 슬픈 제비꽃을 뒤로하고
다시 그 낮은 목소리의 제비꽃을 들으면
죽음에 가까운 평화가 차창을 타고 들었다

아직은 선부른 봄의 냄새와 함께
눈물로 타고 들었다
내가 너를 마지막 본 그날처럼

* 제목은 조동진의 노래 「제비꽃」의 가사를 편집한 것.

현고학생부군신위

제사는 밤 열 시경 지내기로 했다
귀신을 배려한 어두운 안온安穩을 택한 것은 아니었다
평일 저녁 이승의 교통 상황을 고려한
인본주의의 시간이었다
설을 지낸 지 일주일이 지나 터라
제사 음식도 다시 습관처럼 본능처럼
죽은 자에 대한 정성과 애틋함은
잠시 미뤄 두어도 괜찮을 거라 스스로를 위로했다
그래도 제상祭床에는 평소 고인이 좋아했던
빨간 뚜껑의 소주는 잊지 않았다
누나는 나물을, 엄마는 탕국을 아내는 전을 부쳐 올렸다
일 년 만의 속죄 의식처럼 나름 경건하게
영으로 다시 온다고 믿는 자에 대한 최소한의 예의로
일주일 전처럼 다시 향을 피우고 술을 따르고
위패를 향해 절을 하고
그 자리에 있지 않음을 알면서
그 자리로 다시 돌아오지 않음을 알면서
우리 모두는 돌아가신 아버지에 대해
습관처럼 제상을 차리고 절을 하고 예의를 차리고
그리고

각자
헤어진다 바쁘게
산 사람은 또 살아야 한다며

흔적과 추적

돈벌이를 하면서 쓰는 시에서는 돈 냄새가 났고
아무것도 안 하면서 쓰는 시에서는 쉰 냄새가 났다
나도 모르는 사이 남는다
때론 남긴다
원하든 원치 않든 사람이 하는 일에는 반드시 흔적을 남긴다
고통을 생각하면 고통의 흔적이
사랑을 생각하면 사랑의 느낌이
그리고
너를 생각하면 5월의 꽃밭이 보이는

참으로 이상한 것은 분노를 생각하면
슬픔이 남고
슬픔을 생각하면 별이 보이고
멀리 있는 별을 그리다 보면
다시 오지 않을 네가 보이는 현상
그 이상한 흔적
시를 쓰다 보면
간혹, 기도를 하다 보면
그 남은 흔적과 기억은 마술과도 같다
동전을 모자에 넣으면 비둘기가 나오는

교묘하게 세상을 속이는 현상과도 같다
단지 눈속임이라지만, 꼭 믿고 싶은 그것과 같다

술은 내가 마시는데 취하긴 바다가 취하는*
이상한 현상과 같다

* 이생진 시집 『그리운 바다 성산포』 중 「술에 취한 바다」에서.

반기지 않는, 반갑지 않은, 누구도 바라지 않는

따가운 가을 햇살이 든 바람
올림픽 도로변 누구도 축복하지 않는 삶
이름이 없다고 하기도 하고 이름을 모른다고 하기도 하고
통칭으로 기타의 생명들로 불리어도 괜찮은 것들

죽음이 두렵지도 않고 부활이
시골 아낙 아이 낳기보다 수월한
여건과 조건이 필요치 않은 삶의 강인함
살기 위해 주위의 나약함 따위는 고려의 여지가 없는
그래서 생의 경외 따위는 잊힌 지 오래인

누구는 타고난 천성이라 하고
또 어떤 이는 생명에의 집착이 만들어 온
진화의 과정이라고도 하고
그렇게 그들만의 리그는 시작되어
누구의 관심도 받지 못한 채
그들만의 리그로 무한 반복한다

그 누구의 도움도 없이
밟으면 밟을수록

죽이면 죽일수록
굴종과 회한의 역사는 없다
살아남는 것만이 최고의 선

쓰러져 있다고 다친 것은 아니며
꺾여 있다고 목전에 죽음을 둔 것도 아니고
잘려 없어졌다고 해서 영원히 죽는 것은 더더욱 아닌
생각해 보면 눈물 나는 신비로움

주목받지 못하는 것들의 작은 역사
누구도 원하지 않았던 삶의 순환
가치 없는 생의 궤적
한강의 바람은 언제나 좌에서 우로
풀잎 혹은 잡초들은
바람을 따라 천천히 눕는다

자연스러운 혹은 아름다운

자연 그대로가 자연스럽다
바람에 먼 깃발 흔들리듯
빗물에 꽃잎 떨어지듯
햇볕에 눈 시리듯

너는 너대로
나는 또 나대로 그렇게
원래대로
원하는 대로
편안하게 예쁘다

그러다
문득, 뭔가 덧붙이고 싶을 때도 있다
주저하지 말아 다오
꽃에게도
짐승에게도
사람에게도

그래
너의 손이 닿으면 더 아름답다

해 설

팬데믹 시대에 부르는 희망의 힘찬 노래

이승하(시인, 중앙대 교수)

미국 메이저리그에서 이름을 떨쳤던 야구 선수 박찬호와 동명이인인 시인 박찬호는 내 4년 후배로 졸업 후에 일찌감치 광고계로 갔다. 광고계라는 곳은 하루하루 눈코 뜰 새 없이, 정신없이 굴러가는 곳이다. 국내 광고에 머물지 않고 해외로도 진출했다. 두바이에 지사를 두고 현지인도 채용, 두세 달에 한 번은 출장을 갔다. 광고계는 시장 파악을 재빨리 하는 센스와 무궁무진한 아이디어, 순발력과 추진력이 요구되는 곳이다. 그만큼 에너지가 많이 소모되는 동네다. 30년 동안 광고를 만들면서 살아온 박찬호가 덜컥 병에 걸렸으니 암이었다.

비강 내의 기형암 육종, 피부에 나는 악성 흑색종 등 3종의 암이 한꺼번에 닥쳤다. 1차 항암 치료, 2차 항암 치료,

방사선치료, 항암제 링거…… 그 뒤에도 몇 번 더 병마가 덮쳤다. 어디를 잘라 내고 어디를 치료하고…… 지난 몇 년 동안 그는 병원과 회사를 오가는 치열한 투병의 나날을 보내야 했다. 그런데 지난 몇 년 동안 그가 한 또 다른 일이 있었다. 시를 쓰는 것이었다. 정말 봇물 터지듯이 시가 쏟아져 나왔다. 병원에서는 시를 쓸 수 없었지만 회사 사무실에서, 비행기 안에서, 집에서 줄기차게 시를 썼다. 쓸 뿐만 아니라 닥치는 대로 시집을 읽었다. 문예지도 서점에 가 잔뜩 사 와서 읽었다. 눈에 띄는 대로 투고를 했더니 두 군데서 당선 소식이 왔다.

시집을 낼 원고가 되는지 물어보았더니 시고를 내밀었다. 2권 분량이었다. 찬찬히 읽고 절반을 추려 냈다. 첫 시집의 해설을 쓸 영광이 내게 주어졌다. 이 시집은, 생지와 사지를 넘나들면서 유언 쓰듯이 시를 쓴 한 50대 시인의 투병기이자 생존 일기이다.

행복한가
가을바람이 서늘한 물음을 보냈다
알고 묻는 것일까
돌아보면 아무것도 없어 잠시 멍하니 있는 내게
행복이 무엇인지 알고는 있는가 묻는다

혹시나 그리운가
창밖 흰 눈은 저리도 예쁜데
진즉 돌아왔어야 할 그이는 보이지 않고

되돌아보니 지난했던 그 한때를 두리번거리며 배회하는 나를
싸한 겨울바람은 시도 때도 없이 문득문득 몰려와
시린 내 귓불을 때리며 묻는다

—「가을, 겨울, 봄을 지나 여름으로」 부분

어떤 사람이 아니라 가을바람이 화자에게 묻는다. "행복한가" 하고. 겨울바람은 아주 세게 시린 내 귓불을 때리며 묻는다. "그래서 외로운가" 하고. 시인은 지금까지 계절이 바뀌는 것을 무심히 보았고 무심히 새 계절을 맞이하였다. 그런데 서늘한 가을바람, 창밖의 흰 눈, 봄 벚꽃, 여름의 진한 햇볕 아래 종종 묻게 되었다. 아니, 바뀐 계절이 묻고 있다. 너는 행복한가, 그리운가, 외로운가, 두려운가 하고.

그래서 외로운가
때 이른 봄 벚꽃이 바람에 떨어지다
내 발아래 멈춰서 진지하게 묻는다
나는 단지 네가 외롭지 않았으면 좋겠다는 생각을
한 것뿐인데
내가 그리도 절박해 보였냐고 내가 네게 되묻는다

정말로 두려운가
여름 진한 햇볕 아래 잠시 묻어 두었던 외로움이
들릴 듯 말 듯 속삭인다
외로움은 종종 그리움이 되기도 하고
돌아보면 다시 눈가 촉촉한 행복이 되기도 하지만

모든 것이 불분명하고 잘 모르겠다면
그것은
명확히 두려움이라고

—「가을, 겨울, 봄을 지나 여름으로」 부분

이 시에서 특히 주목을 요하는 시구는 "내가 그리도 절박해 보였냐고 내가 네게 되묻는다"이다. 신체의 변화에 따른 고통이 사물을, 삼라만상을 다르게 보게 한 것이리라. 자아도 스스로를 달리 인식하게 되었다. 내게 허용된 시간이 얼마인지 알 수 없는 것은 대다수 건강한 사람들이 다 마찬가지인데, 그 건강이 흔들렸다면 사람은 감정, 계절 감각, 인지능력 등이 예민해지게 마련이다. 제3연은 특히 화자가 꽃잎인지 사람인지 헷갈리게 썼다. 덧없이 떨어지는 것이 꽃잎이든 인간이든 간에 시인은 '절박한' 자신의 시간을 깨닫는다. "모든 것이 불분명하고 잘 모르겠다면/ 그것은/ 명확히 두려움이라고"라는 결구는 시간을 줄였다 늘였다 쓸 수 없는, 이번의 회복이 완전한 회복인지 알 수 없는 자신에 대한 두려움 때문에 나온 것이 아닐까.

소월의 시 「개여울」을 개사하여 가수 정미조가 부른 것이 1970년대였던가? 그 노랫말이 느닷없이 심금을 울린다.

정말로 그 오랜 시간 당신은 무슨 일로 그리하시는지
어찌 보면 산다는 것이 그리도 소박하고 단순하거늘
당신은 왜 또 홀로이 그리하시는가

먼 길을 돌아 이제야 당신을 본다
아직도 그리하고 있는 당신을 본다
전에는 못 봤던 당신
내 눈에는 안 찼던 당신
신경도 안 썼던 당신
그래도 계속 그 자리에서 무슨 일로 그리하시는 당신

—「개여울」 전문

인간은 누구 할 것 없이 외로운 단독자다. 각자의 삶이라는 것도 알고 보면 소박하고 단순하다. 하지만 그 모든 존재 하나하나가 다 무가치하다고 할 수 없다. 시인은 절박한 마음으로 "먼 길을 돌아 이제야 당신을 본다/ 아직도 그리하고 있는 당신을 본다"고 했다. 존재의 가치를 확인하는 순간, "전에는 못 봤던 당신"이 보인다. "내 눈에는 안 찼던 당신"을 찾는다. "신경도 안 썼던 당신"에게 신경을 쓴다. 주변의 사물과 사람은 달라지지 않았는데 내가 달라진 것이다. "하도 궁금해서 나도 이제 그 자리를 떠나지 못하고/ 그리하는 당신과 같이 있다"고 한 마지막 행을 보니 이제 시인은 정미조 · 김윤아 · 아이유의 노래도 유심히 듣게 되었지만 소월의 시도 가슴으로 읽게 되었음을 알 수 있다. 그 다음 시 「공감」도 자신의 달라진, '공감 능력'에 대한 것이다.

공감이란
내가 너의 눈을 바라보며

너의 얘기에 귀를 기울이는 것

너의 슬픔에 이입되어 눈물을 흘리기보다는
가만히 네 등을 토닥여 주는 것

가끔 분노가 차오르는 나를 바라보며
그것을 이해해 달라고 너를 조르는 게 아니라
네 앞에서 조용히 눈물을 흘리는 것

—「공감 1」 부분

이 시는 자기중심적이었던 화자가 어느 날부터 사람에 대한 태도를 바꿔 타인의 이야기에 귀를 기울이고 가만히 등을 토닥여 주고, 내 분노를 이해해 달라고 타인을 조르지 않고 조용히 눈물 흘리게 된 태도의 변화를 말한다. 사랑하는 네가 내 곁으로 오지 않는데도 화자는 기다린다. 기다릴 뿐만 아니라 "끊임없이 너를 생각하며/ 보이지 않는 너를 향해 환하게 웃음 짓는" 자세를 취한다.

우리 사회의 큰 문제가 공감이 없고 공격만 난무하는 것인데, 그래서 시인은 이렇게 쓴다.

그대의 뒷모습만 봐도 그 슬픔을 내 가슴이 느끼는 일
설혹, 그대를 보지 않더라도 그대로부터 멀어지지 않고
항상 그대의 숨결과 살결을 느끼며
눈빛으로도 아는 그대와 같은 감정을 갖는 일
무덤덤하게 내미는 내 손끝의 미세한 떨림만으로도

그것이 회한의 진동인지
희망의 설렘인지를 아는 신묘한 일
그대와 교감하고 그대를 이해한다고 생각하는 일

—「공감 2」 부분

이 시는 공감과 함께 연민, 동질감, 이해 등에 대해서 말하고 있다. 따뜻한 세상이 되려면 바로 이런 것들이 우리 모두에게 널리 퍼져야 할 텐데, 그렇지 못해서 살벌해지고 있는 것이다. 문예지 신인상 수상작인 「국지성 호우」는 5편의 시로 이루어진 일종의 연작시다. 지금 우리 시대의 비극성에 대한 예리한 진단이다.

아내가 말했다 코로나 바이러스는 그 발생이 주로 부자로 시작하여 종당에는 빈자에게 죽음의 타격을 준다는 신 프롤레타리아 이론을 주창했다 통계적으로, 현실적으로 충분히 긍정할 수 있는 이론이지만, 애써 이 현실을 외면하고 부정하는 나는 아내와는 대척점에 서 있는 배부른 돼지다

—「국지성 호우」 부분

학자들마다 의견이 다르겠지만 화자의 아내는 코로나19 바이러스의 피해자는 주로 소외계층이라고 한다. 그런데 화자가 생각하는 자신은 프롤레타리아가 아니라 "배부른 돼지"다. 비는 모든 사람에게 공평하게 내리는 것이 아니라 국지성 호우라 피해의 양상이 지역에 따라 다르다. 몇 지역이 집중 피해를 입는다. "역사는 승리자의 기록이라지만, 날

씨 또한 부자들에게 유난히 호의적인 변화 체계인 것"이라고 이해하기에 이른다. 이해…… 아내를 대하는 태도도 근년에 들어와서 완전히 달라졌다.

어느새 아내는 나에게 어머니가 되어 버렸다

문득 고개 들어 돌아보면
초록이 진저리 나는 6월에도
그대는 만운滿雲을 이고 푸른 안개 치마 두른
먼 산이 되어 나에게로 왔다

늦은 저녁 기름때 흔들리는 내 오래된 선술집 문밖에서도
기억 저편 그대, 긴 그림자 소리 없는 등대가 되어
홀로 나를 비추는지
그대 굵어진 손 마디마디 눈물 꽃은 피고 지고

—「꼭 사랑이 아니어도 된다」 부분

이번 시집의 모든 시편 가운데 가장 감동적인 시가 아닌가 한다. 두 사람이 만나 서로 돕고 의지하며 살아간다는 것, 늙어 간다는 것, 이것이야말로 아름다운 해로가 아닌가. 어느새 아내가 나에게 어머니가 되어 버렸다는 것은 그만큼 내가 믿고 의지하게 되었다는 뜻이리라. 이제 아내는 "만운滿雲을 이고 푸른 안개 치마 두른/ 먼 산이 되어 나에게로" 온다. "긴 그림자 소리 없는 등대가 되어/ 홀로 나를" 비춘다. 그야말로 묵묵히 나를 지켜 주는 존재인 것이

다. 부부도, 부모 자식도, 형제도, 일가친척도 다 소중한 '인연'이다.

> 인연이란 내가 정한 것도 네가 정한 것도,
> 그 누구의 의도도 아니지만
> 결국 절실한 의지의 또 다른 표현인지도 모른다
>
> 잊히지 않을 권리와 잊지 말아야 할 의무
>
> 인연이란 어찌 보면 그 권리와 의무가
> 무한 반복되면서 얻어지는
> 의도적인 노력의 결과이다
>
> —「또다시 가을에」 부분

우리는 인연이라고 해서 상대방을 무심히 대하게 된다. 하지만 시인은 완전히 다른 것을 주장한다. 인연이란 "결국 절실한 의지의 또 다른 표현인지도 모른다"는 것이다. 나와 인연을 맺은 사람에 대해 시인은 "잊히지 않을 권리와 잊지 말아야 할" 의무를 갖고 있다고 생각한다. 그래서인지 "인연이란 어찌 보면 그 권리와 의무가/ 무한 반복되면서 얻어지는/ 의도적인 노력의 결과"라고 한다. 여기서 중요한 것은 '노력'이라는 낱말이다. 인연이기에 무심히 대할 것이 아니라 노력해야 한다고 시인은 주장하고 있다. 이번에는 아주 재미있는 제목을 붙인 시를 읽어 보기로 하자.

우리나라 최고의 현상
마약김밥과 마약떡볶이로 화끈하게 끼니를 해결
느지막한 아침 세안 후 마녀크림으로 얼굴 단장
아무리 먹어도 걱정은 없다
나에겐 마법의 다이어트 약이 있으니
오늘도 그렇게 달려 보자
더 강렬한 것은 없는가
더 죄악시할 만한 것은 없는가
우리들 최고의 선은 마녀에게서 나오는 것

…(중략)…

영혼을 팔아서라도 마녀처럼 얼굴이 늙지 않는다면
그것은 선善
내 몸뚱이가 썩어 가도 좋다 내 입이 마약을 원한다면
그것도 선
노력을 안 해도 남들이 부러워하는 몸매로 남을 수 있다면
그 마법 또한 극상의 선
이제 남은 것은 극상을 뛰어넘는 최극상의 선

—「마법, 마녀, 마약」 부분

현실 풍자시다. "두려움에 벌벌 떨고 있는/ 일반 무지렁이들"과 달리 "마법의 주문을 외우며 마약을 만드는 마녀"는 "이 시대, 이 암울의 시대 너에게 구원의 길을 안내할/ 시대의 천사"다. 돈만 있으면 뭐든 살 수 있고 할 수 있는 것들도

너무나 많다. 돈으로 향유할 수 있는 것이 많은 세상이므로 "일단은 조건 없이 튀어 보고, 근거 없이 나서 보고, / 한계 없이 강해 보자"고 다짐한다. 그런데 이런 무소불위가 과연 우리를 행복하게 해 줄까? 날씬함이 곧 행복이고 그 행복을 돈이 해결해 줄지도 모르지만, 겉으로는 돈이 '선'일지도 모르지만, 화자는 문득 "구수한 숭늉/ 한 그릇"을 생각한다. 약을 통한 다이어트에 딴지를 걸고 있는 듯하지만 실제로는 자본주의의 문제점을 짚어 낸 시로 읽었다. 박찬호 시인은 시의 제목을 잘 붙인다.

> "아유… 정말 내가 유… 정말 내가 박복한 년이야……"
> 평생을 주문처럼 달고 다니는 말
>
> 얼마 전 아래층 셋방에서 대장암으로 조용히 숨을 거둔
> 예슬이 할머니의 죽음을 엄마는 연전 돌아가신 아버지의 죽음보다 더 충격적으로 받아들였다
>
> 박복한 엄마보다 더 박복해서 그나마 엄마 박복의 몇 안 되는 심리적 마지노선이 없어진 것이다
>
> —「박복한 년 우리 엄마」 부분

예슬이 할머니의 죽음은 어머니의 박복이 아무것도 아님을 깨닫게 해 준다. 평생을 주문처럼 달고 다니던 말을 이웃의 죽음 이후 못 쓰게 된 것이다. 19년 8개월을 살고 간, James 혹은 민혁이라 불린 청년의 장례식장에 가서 화

자는 아직 “신의 부름을 받지 못한/ 서로의 부끄러운 자화상을 힐끗” 보기도 한다. 우리는 유가족을 위로한답시고 그저 한두 시간, 길어야 두세 시간 앉아 있다가 일어서지 않는가. “짧은 장례 요식은 죽음을 영원한 안식으로 탈바꿈” 한다. 장례식에 참석했으면 됐지 뭐, 하는 생각은 “면죄부로 살아남은 죄의 부담에서 (우리를) 해방시켜”(「20170721」) 준다. 대단한 정치가나 재벌이 아닌 다음에야 병원 냉동창고에 며칠 누워 있다가 화장장으로 가는 것이 우리의 운명이다. 더욱 기막힌 죽음은 코로나19 바이러스 확진자로 판정되어 죽는 것이다.

전쟁 발발 52일째
애초부터 총소리는 없었지만 사람들은 꾸준히 죽어 나갔고
죽음보다 더 무서운 공포는 빠르게 전염되고 있었다

총소리가 없으므로, 겉으로 보이는 세상은
예상보다 차분해 보였다
전쟁 중에도 봄은 굳이 오겠다고 바람으로 먼저 알려 오고
아직은 철 이른 이 흉흉한 바람은
흰 마스크 사람들의 무표정한 얼굴을 스치며 지나갔다

누구는 이 전쟁은 인류 스스로가 만들어 놓은
재앙이라고도 하고
또 다른 전문가 그룹은 시간이 지나면
곧 끝날 것이라고도 했지만

사실, 우리들 마음속에서는 누가 죽어 나가는 것은
중요치 않았다
이 전쟁의 특이점은 그다지 죽음을 두려워하지
않는다는 것이다

—「전쟁의 생존자로 남는 법」 부분

그렇다, 전 세계적으로 실로 어마어마한 사람이 죽어 나가고 있는데 사람들은 이 병으로 죽는 것을 그다지 두려워하지 않는다. 마스크를 쓰고 다녀 타인의 표정을 읽을 수 없는데, 그 마스크 안의 표정이 다들 무표정하다고 시인은 읽었다. 바이러스와의 전쟁 자체를 무관심 · 무표정으로 대하고 있는 것은 아닌가 의심스러워 이 시를 썼던 것이다. 이런 시대에 우리는 무엇을 해야 하는가? 거리 두기? 방역 수칙 준수? 물론 그런 것도 중요하지만 시인은 딱풀을 정성스레 바르자고 말한다.

보내는 이, 받는 이의 주소를 인쇄한
새하얀 용지를 정밀하게, 예리하게 자르고
그래, 기도하듯 주문을 외우듯
정성을 다해 딱풀을 바르자

떨어지지 않게, 혹시나 하늘하늘 봄바람에라도
받는 이의 주소가 떨어져
보내는 이의 곡성이 되돌아오지 않게

긴가민가하며 우물쭈물하며 써 내려간
몇 편의 시에는 못다 한
아니 정확히는 너에 대한 사랑에는 다 못 한 그 열정을
괜스레 딱풀에 쏟아
천천히 아주 천천히 용서를 구하듯
내용의 구질구질함에 보상이라도 하듯
두 손 곧게 펴고 꼼꼼히 바르자

—「정성스러운 딱풀 바르기」 부분

우리는 서류나 책을 대량으로 발송할 때, 보내는 이와 받는 이의 주소를 한꺼번에 인쇄해 잘라서 딱풀을 바른다. 장례식장에 조문 온 사람한테나 청첩장, 연하장 같은 서신은 여러 통을 한꺼번에 보내야 하기 때문에 주소를 잘라서 딱풀을 붙이는데, 의례적인 행동이라 대충 하게 된다. 그러나 이 시 화자의 태도는 그렇지 않다. "보내는 이의 곡성"이라고 했으므로 부모님 중 한 분의 장례식장에 와 준 분들에게 감사의 인사말을 쓴 편지다. "그대에 대한 사랑을, 그 깊은 애정을/ 글로 표현하기 부족하기에/ 나는 네가 알아채지 못할 방법으로 위안한다/ 딱풀 바르기에 집중한다"고 했다. 우리들 삶의 태도가 이러해야 하지 않을까. 매사 정성을 다해, 집중력을 가지고 해야 하는 것이다. 시인은 『Vocabulary 22,000』라는 책자에서 가장 가치 있는 어휘로 '공평' '평등' '배려' '행복'을 꼽았다.

내가 아는 단어 중

내가 겪어 보지 못한 것
내가 생각과 상상으로만 아는 것
가끔은 가슴이 아프기도 하고
설레기도 하고,
심장이 뛰면서 눈물이 흐르기도 하는 그것

꼭 죽기 전에 봤으면 하는 것

—「Vocabulary 22,000」 부분

공평과 평등은 비슷한 뜻이다. 이 두 낱말이 왜 새삼스레 가끔 시인의 가슴을 아프게 하고 설레게 하고 눈물을 흐르게 할까. 대한민국이 아직도 민주주의 사회가 아니기 때문이다. 유전 무죄 무전 유죄이며, 사람 밑에 사람 있고 사람 위에 사람 있기 때문이다. 남을 배려할 때 내게 행복이 찾아오는 것이기에 배려와 행복도 소중한 낱말로 꼽았을 것이다. 이제 시인의 유년 시절 이야기와 가족사를 잠시 들어 보자.

중2 때, 그때
약간 상한 고등어를 버리기 아까워 그냥 모른 척
김치찌개에 넣었다고 했다
내가 그걸 먹고 온몸에 두드러기가 나서
너무 미안했고 슬펐다고 얘기하며 엄마는 울었다
사십 년쯤이 지나 들은 엄마의 고해성사였다

번듯한 한 상 앞에 모여 식사를 하며 우리들 모두는

이제 그 우울의 시절에 관한 얘기가 금기 사항임을 안다
괜스레 창피하고 우울하고 종당에
슬픔이 눈물짓게 하는 얘기인 줄 알기 때문이다

—「가난」 부분

인민군으로, 다시 국방군으로
군대를 두 번이나 다녀온 아버지였다
고생이 많았다는 얘긴 하지 않으셨다
난 어려서 수제비를 먹어 본 적이 없다
아버지는 그냥 수제비를 싫어하신다고만 하셨다

인생이 막 기울고 있을 즈음 고생 끝에 개업한 쌀가게였다
혹시 뭐 해도 굶지는 않을 거 같으니 안심해도 되겠다며
쌀 짐들을 들고 날랐다
석발기石拔機는 하루 종일 털털거리며 돌아갔고
노안이 점점 심해진 아버지는 연신 안경을 이마 위로 걸치고
돌을 고르곤 했다

겨울이면 동촌마을 철거촌의 한기는 유난히 을씨년스러웠고
됫박 쌀을 주로 사가던 그 동네에서였다
쌀을 팔고 미니 슈퍼에서 잡화를 팔던 아버지는
그나마 나름 늦은 중년을 상대적으로
마음 편히 보내던 한때였다

—「1988년, 쌀가게 아버지」 부분

그 시절에는 대다수 국민이 가난하였다. 초근목피로 연명할 정도는 아니었지만 보릿고개를 겨우 면한 시기였다. 화자의 집안은 아버지가 쌀가게를 했으므로 기아선상에서 허덕이지는 않았지만 "고등어 한 마리에 목숨을 걸어야 했던" 시절이었다. 아버지는 인민군으로 입대해 국방군으로 제대했으니 기막힌 운명이었다. 늦은 중년에 겨우 돈푼을 마련해 쌀가게 겸 미니 슈퍼를 차렸다. 경기도 광주군 동부읍 신장리 '동촌마을 철거촌'에 차린 가게였기에 동네 사람들은 '됫박 쌀'을 주로 사 갔다. 아버지 이야기는 「꿈에 본 내 고향」이란 시에도 나온다. "열아홉 인민군에 징용되어 집을 나설 때/ 울던 어머니가 눈에 선하다고 했다/ 너무 그립다고 했다/ 자꾸 눈물이 난다고 했다"니 아버지의 한이 어떠했을지 짐작이 간다. "특히 밤이면 하늘을 많이 바라보던" 시인의 아버지는 천만 이산가족 중 한 사람이었던 것이다. 이제 시인 자신의 스토리로 초점을 맞춰 보자.

> 암은 재발이 중요하다며 일단 수술은 잘 되었다고 했다
> 나는 몸이 많이 아프지 않았으므로 일단은 다행이었고
> 그냥 모든 것을 조용하게, 조용히 살아가야겠다고 생각했다
> 잠시 추위는 물러났고 그 사이 묵은 때를 청소하기 위한
> 길거리 청소 차량들은 좁은 거리를 분주히 오갔다
>
> —「그해 겨울 Ⅱ」 부분

남녀노소를 구분하지 않는다
생의 재판정에서 흰 가운의 재판관은
수리적으로 판단하고 기계적으로 판결한다
한 달 후에 다시 오세요, 삼 개월 뒤에 뵐게요
정서적 공감과 감정적 교류는 올바른 판단을 해칠 뿐
생은 그렇게 연장되고 또 이어진다

—「병원 다녀오는 길」 부분

이렇게 담담하게 이야기하지만 생과 사의 접점에서 시인은 죽을 고비를 몇 번이나 넘겼다. 해설자의 아버지는 흑석동 중앙대병원에서 돌아가셨는데 숨을 거둔 그날도, 관이 화장장으로 나가는 발인 날도 병원 앞이 분주한 것을 보고 아이러니함을 느꼈던 적이 있다. 내가 죽어도 이 세상은 여전히 분주하게 돌아가겠구나 하는 생각에. 시인은 "나는 몸이 많이 아프지 않았으므로 일단은 다행이었고/ 그냥 모든 것을 조용하게, 조용히 살아가야겠다고 생각"한다. 수술이 성공했다고 하지만 "한 달 후에 다시 오세요, 삼 개월 뒤에 뵐게요"라는 의사의 말을 듣고 집으로 온다. 우리 모두의 목숨이 시한부인 것을. 하지만 영원히 살 수 있는 방법이 있다. 시 타령! 무용지물이며 무사태평이며 무위도식인 시 타령!

그 형은 지금이 한가하게 시 타령이나 할 때냐고 물었다
난 한가해서 시 타령을 하는 게 아니라

아무것도 할 수 있는 게 없어서
시 타령이라도 해 보려 하는 것이라 했다
지금 때가 어느 때인데, 이런 비상시국에
회사 문제, 나라 문제로 머리가 아파 죽겠는데
넌 시 타령이나 한다며 마른 입맛을 다시고 있었다
—「이 엄중한 시국에 시 타령이나 하다니」 부분

그 형에게는 "이 엄중한 시국"에 시 쓰는 행위란 시 '타령'에 지나지 않았다. 하지만 박찬호는 "시로/ 회사 타령, 나라 타령,/ 시대의 문제 타령, 정의의 타령을 하기로 했다". 이 타령은 "뭔가를 남기는 것/ 글로 남기는 것/ 시라고 생각하고 끄적여 보는 것"이다. 암과 잘 싸우려면 마음을 편히 먹고 습생을 잘해야 할 텐데 박찬호는 영혼을 쥐어짜 시를 썼다. 매일 한 편씩 쓰는 것을 목표로.

매일 시를 쓰기로 마음먹는다
고해성사를 하듯 그날 밤에 그날 하루치의
죄 사함을 위해 매일 그날의 시를 쓰기로 한다
아름다움이니, 시적 미학이니 하는 말은 잊고
그저 진실해지는 것이 중요하다고 생각하며
매일 쓰기로 한다

하루 한 편의 시로 모자라면
죄 사함이 응답될 때까지 쓰기로 한다
추우면 추운 대로 더우면 더운 대로

고백해야 할 죄는 산을 이루고 있다고 생각하고 쓰기
로 한다
몸을 씻고 책상을 치우고
옷매무새를 정돈하고 정죄의 의식을 준비하며
시를 대신한 성의 표시로 약간의 죄 사함을 받으리라 믿는다
—「일일 일 시 쓰기」 부분

근년에 내가 본 그 어떤 시보다 감동적인 시다. 매일 일기 쓰듯 시를 쓰고 있다. 1주일에 한 번 고해성사를 보는 것이 아니라 매일 고해성사를 보듯 영혼의 고백을 하고 있다. "죄 사함을 위해 매일 그날의 시를 쓰기로 한다"란 구절을 보니 가슴이 뭉클해지고 눈가에 눈물이 핑 돈다. 우리는 모두 정신없이 일과를 보내고 대체로 기진맥진해 잠자리에 든다. 일과를 명상하거나 내일의 희망을 품기보다는 밤이 늦었으니 기계적으로 잠자리에 들 따름이다. 하지만 박찬호 시인은 밤이 되면 경건하게 "몸을 씻고 책상을 치우고/ 옷매무새를 정돈하고 정죄의 의식을 준비하며" 시를 씀으로써 "약간의 죄 사함을 받으리라"고 믿는다. 흡사 제사장이 목욕재계하고 경건하게 제사를 지내는 것처럼. 시 쓰는 것은 이제 엄숙한 언어의 제전이며 시 쓰는 시간은 자신을 돌아보는 성찰의 시간이며 세상을 따뜻하게 만나는 배려의 시간이기도 하다. 시를 씀으로써 박찬호는 영원히 살게 되었다. 자, 이제 시집의 제목이 된 시를 마지막으로 살펴보자.

주소를 적어 줘
이제 머지않아 봄이 올 테니
네게도 꽃 한 다발을 부쳐 줄 날이 올 거야
그날이 곧 올 거야
지금은 설거지를 다 못 한 그릇에서
쉰내 나는 밥풀 향이 나지만
그래도 바람은 군데군데 따뜻해지려고 해

조금만 더 기다려 봐
정말 바로 올 거야
믿고 기다려 봐
다들 그렇게 오지 않을 날들이라 얘기하지만
난 올 거라 믿어
그래, 이제 바로 봄바람으로 다시 올 테니
조금 있으면 맛있는 냉이 향만 날 거야

…(중략)…

어서 빨리 그날이 왔으면 좋겠어
혹시라도 내가 모르는 사이
내 곁을 무심히 스쳐 지나칠까 봐
걱정이 되기도 하지만
많이 기다리고 있어

사람들은 오지 않을 날들이라 얘기하지만
난 올 거라 믿어

아, 조금씩 봄바람이 다시 불기 시작했어
곧 오겠네, 바로 오겠어

—「꼭 온다고 했던 그날」 부분

네덜란드의 철학자 스피노자라는 사람이 말했다고 하던가. 내일 이 지구의 종말이 오더라도 나는 오늘 한 그루 사과나무를 심겠노라고. 박찬호 시인의 말이 바로 그렇다. 엄동설한 겨울이 가면 아지랑이 봄이 오고, 절망의 밤이 가면 희망의 새벽이 온다. 지금 이 지구는 코로나19 바이러스로 말미암아 절망적인 상황이 계속되고 있지만 절망하고 있으면 무슨 소용이 있는가. 목숨이 경각에 이른 날에도 시를 쓴 시인이 있다. 박찬호는 지금도 회사에 출근하면 간단히 회의만 하고 근처 오피스텔로 가서 시를 쓰고 있다. 시집을 읽어 보면 알겠지만 그의 시는 음풍농월이 아니다. 우리 사회의 상한 부위를 도려내는 날카로운 메스다. 회복을 향한 최적의 상태로 안내하는 처방전이다. 이미 제2시집의 시를 다 써 놓았다. 앞으로 나올 시집에도 큰 기대를 해 본다.